辻 真先

村でいちばんの首吊りの木

実業之日本社

実業之日本社文庫

目次

村でいちばんの首吊りの木

今は無人となりたる此境に
御先祖様の冥福を念じ
永久に可良寿の名を残すべく
円空上人御由縁の地に記念碑を建つ
合掌

●母より息子への手紙

宗夫《むねお》。

元気で勉強に励んでいることと思います。

このたびの事件、さぞおどろいたでしょうね。

あれほど私が口を酸っぱくしていったのに、警察では弘一《こういち》を犯人ときめてかかっているようです。

でも、宗夫。

どうか信じてください。お前の兄さんは、決して殺人犯ではありません。私にはわかっています。信じるとか信じないの段階ではなく、弘一にあんなむごたらしいことのできるわけがないのです。それについては、お前も賛成してくれるでしょう。人を殺す羽目になるくらいなら、あの子は、自分が殺される方をえらぶはずです。そんな気性の弘一が、私にはじれったいほどでした。

なのに警察はわかってくれない。

愛知県警の袋田《ふくろだ》という警部さんは、くりかえし私にいいました。

「どんなにお母さんが、息子さんの性格についておっしゃっても、事実は曲げられません。現に弘一くんは、あれきり行方をくらましているじゃないですか」

「なにか事情があるんです」

もちろん、私も懸命にいいかえしました。

「いまにきっと、姿を見せます」

母さんとしても、それ以上のことはいえなかったけれど。

お義理にうなずいてくれた警部さんの顔に、気のせいかうす笑いがただよっていました。

（息子を盲信する母親）

そう思ったのでしょうね。

ちがう！

ちがうちがう、絶対にちがう、信じるんじゃなく知っているのよ、あの子がどうしてあんなむごたらしいことをするものか！

とはいえ、宗夫。

お前は東京に下宿していて、事件があったのは名古屋です。

一再ならず刑事が訪ねてきたとはいっても、どこまで事件のこまかいところを知っているのかしら。

弘一が手を下したのではないと、確信してもらうためにも、私が現にこの眼で見、聞いた一部をお話ししておきたいと思います。

ひょっとしたらお前のことだもの、

「よけいなこった。るっせえな」

とかなんとかつぶやきながら、あとの手紙はまるめて捨ててしまうかもしれない。それならそれでいいのよ、宗夫。

事件のことなぞ気にしないで、勉強にうちこんでくれるのが一番……あと三ヵ月たらずで、泣いても笑っても受験です。弘一は、二年がかりでとうとうだめだったけど、高校のときから上京して、励みに励んでいるお前ならきっと……。

ごめんなさい。

またいつものくせが出てしまった。

こんなことをいうから、お前におどかされるのね。

「過保護、過期待は過虐待だぞ」

って。

あの晩の話をします。

弘一の下宿へ毛布を届けようと、可良寿《からす》の里から国道四十一号線をぬけて、母さんは名古屋へ出てきました。ところが、下宿に弘一の姿がなかったの。

午後の飛騨《ひだ》から車を走らせてくれば、いくら私が山の悪路で鍛えたドライバーでも、夜おそくなるでしょう。てっきり私は予備校から帰った弘一が、勉強にたけなわのころだと思っていました。なのにもぬけの殻だもの、母さんは腹をたてました。

(女のところへ行ってる)

そう確信したんです。

小柄で色が白くて、どことなくたよりないせいか、あの子は中学の時分から女の子にもてたわ。いつも一年か二年上級の娘さんと連れだって帰ってきた。

父親似なのかしら。

お前がそばにいたら、きっと茶々をいれるでしょう。

「そういう母さんだって、ふたつ年上の姉女房だ」

アドレスブックや、状差にはいっていた手紙をしらべて、私は久留島晴子《くるしまはるこ》という女に目をつけました。

そう、それがあの死んでいた女だったんです。

晴子のアパートは、名古屋の東北隅にある上飯田《かみいいだ》という町にありました。戦前、母さんが子どもだった時分に暮していた名古屋では、上飯田といえばほんとうの場末だったけど、いまではコンクリートの屏風みたいな公団住宅もできて、けっこう一人前の盛り場でしたよ。

その裏手に小さな児童公園があって、それに面して立っているからでしょう、アパートの名はパークハイツタナベ。大家さんの名前が田辺さんなんですね、たぶん。アパートといったら叱られるかもしれない。一台だけにせよエレベーターつきだから、これはりっぱなマンションでした。

でもまあ、私の観察では、五階建てあわせて二十戸どまりのほとんどが、水商売の女のすまいになってましたね。その証拠に、玄関と五階のひとへやを除いては、どの窓もまっくら。住人のみなさんは、あと二時間もしないと帰ってこないのでしょう。

それでも訪問者はありました。

ええ、母さんはもちろんだけれど、ほかにもひとり。派手なチェックのジャケットに、金時さんの火事見舞みたいな赤いシャツを着こんだ男の人です。ちょっと見たところ、年はいくつなのか、見当がつきませんでした。三十といえば三十に見え、四十といえば四十にも見え……。

広くもない玄関で、その男の人に鉢合せした私は、うろたえました。ちゃんとした用があってきたのならともかく、いわば私は、久留島晴子にとって、招かれざる客ですからね。

あけっぱなしだったガラスのドアをはいると、すぐ左に「受付」とネームプレートのある窓口がありましたが、そこにはねずみ色のカーテンが下っているばかりでした。

これ幸いと、正面のエレベーターへ進もうとしたとき、玄関につむじ風みたいないきおいで、その男がとびこんできたのです。真赤なスポーツシャツの下は、なにも着ていないようでした。いくらおしゃれでも、風邪をひくだろうに。

男は男で、厳重な防寒コートを着こんでいる母さんを、古道具のつぼでも見るような眼で一瞥《いちべつ》して、

「奥さん、ここの人」

とたずねました。

「いいえ」

答えながら、私は困惑しました。ひきかえそうか……でも、それではあとで困ります。

うろうろしている私を尻目に、男は、受付のカーテンをめくって怒鳴りました。

「だれか、いる?」

「あいよ」

しばらくして、眠そうな声が聞こえ、カーテンが内側から開かれました。事実、眠っていたのでしょう。おっとりした丸顔のおじいさんが、目をくしゃくしゃさせながら、首を出しました。

「なんか、ご用」

「ええっとね。ほら、なんとかいった……」

男は口をもがもがさせています。気がみじかいわりに、忘れっぽいたちだとみえ、二、三度おでこをたたいたあげく、やっと訪ねる人の名を思い出しました。

「久留島って人のへや、なん階のなん号室?」

私は、はっとしました……困ったことに、この男も、私とおなじへやへ行こうとしているのです。

それくらいなら、さっさとエレベーターに乗ってしまえばよかった。後悔しても、間にあいません。一台しかないエレベーターに、ひとりで先に乗るのは、いかにも不人情なようで、ついためらったのですが……こんなところが、いまの母さんが都会のテンポについてゆけなくなった証拠でしょう。

「五〇三」

管理人は、ちぎった棒を投げ捨てるように答えました。カーテンの奥にかくれながら、いわでものひとこと、

「メールボックス見りゃわかるだろうに」

「あはは。そう、そうだったね」

チェックの男は陽気に笑い声をたてて、まっすぐエレベーターへむかいます。先に行かれては、なお困る……とっさに決心した私も、いそいで乗りこみました。

一秒のなん分の一とかからない早さで、私を、頭のてっぺんから足の爪先まで見やった男は、いたって慇懃《いんぎん》な口調で問いかけました。

「奥さんは、なん階」

「五階ですの」

「あ、おなじか」

つぶやいて階数を表示したボタンを押します。

小さな箱の中で男とふたりきりになって、私はふっと考えました。

(この人の眼に、私はどんなふうに映ったのかしら。さぞ、田舎のおばさんに見えたでしょうね)

笑わないでおくれ、宗夫。

「まだ色気あるんだな」

　というお前の顔が、目に見えるみたい。

「むりねえよ。十五年もやもめ暮しだかんな。おれが東京へ行ったら、ボーイフレンドこさえろ」

　上京する日も、そういったっけね。

　でも、エレベーターの中では、正直そんなことでも考えなければ気が滅入りそうだったのよ。そう、弘一と久留島晴子の名を、頭から追い出すために……。

　安普請《やすぶしん》のせいか、エレベーターは、がたんとひとつ大きく揺れてとまりました。

「ええと、五〇三号室は、と」

　降りるとすぐ、左右に外廊下がのびています。

「こちらのようですわ」

　私は、右を指しました。エレベーターを中央の軸として、二戸ずつ振分けになった、もっとも単純な形の共同住宅でした。吹きつける風にさからって下を見ると、家々のまばらな明かり。

　東京住まいのお前から思えば、名古屋の夜は早いかもしれないけど、飛騨の奥から来た者には、こんな時間にこれほどたくさんの人間が起きているのが、ふしぎでなりません。

「あ、どうも」

愛想よく礼をいった男は、すぐ不審げな顔になって、

「奥さんはどちらへ？」

「私も、五〇三号室ですの」

「なあんだ、そうですかあ。すると、久留島さんのお母さん」

いいかけて、男はあわてて自分のことばをうちけしました。

「いや、それにしては若すぎる。お姉さんかな」

そんなこと、どうでもいいじゃありませんか。

肝心のへやを通り過ぎそうなので、

「ここじゃございません」

注意してあげると、相手はまたオーバーな仕種《しぐさ》で、

「そうでした、そうでした」

標札がわりに茶色くなった名刺がはりつけてあるのを確認して、ブザーを鳴らしました。

そのあいだも時間が惜しいという感じで、

「奥さん、こちらはじめてなんですか」

「はあ」

「ぼくもです。いや、いつもは会社で会ってますんでね。おかしいな、留守かな……この会社です」

一度にふたつのことをしゃべるのですから、忙しいこと。男は、久留島晴子の名刺を指さしました。

肩書に、ペリカントーイ企画部嘱託とあります。玩具のペリカンなら、名古屋ではすこしは知られた会社でした。

「ぼく、ここの企画で深見敏樹《ふかみとしき》です。やり手でしてね彼女。若いだけあって、おもちゃ、それもミドルティーンむけのアイデアやデザインが、優秀なんですよ。おかしいなあ！」

深見の声が大きくなりました。たしかに奥でブザーが鳴っているのに、だれも出てくる気配がありません。下から見たとき、明かりのついていたへやは、ここでした。留守なら、当然灯を消すでしょうに。

「依頼しといたFBIセットの素案、できてるはずだけどな」

深見はいらいらと、ドアのノブをつかみました。鍵がかかっていると思ったら、なんの抵抗もなくひらいたので、かえってびっくりしたようです。

「無用心だね。久留島さーん」

呼ばわりながら、深見は中へふみこみました。内部は、どこにもある2DKのつくりで、つめたそうなPタイルの台所のむこうに、右がドア、左が襖《ふすま》と、建具がならんでいました。

「おじゃましますよお」

調子よく声をはりあげながら、深見は右のドアをあけました。たぶんそこが、彼女の仕事べやでしょう。子どものよろこびそうなおもちゃが、深見の体ごしにちらと見えました。

「いねえ」

格子縞《こうしじま》の肩をすぼめて、深見は舌うちします。

「買物にでも行ったんでしょう」

なんの期待もせず、深見は襖をあけました――そのとたん、まず眼にとびこんだのは、畳に描かれた赤い模様でした。どす黒いということばはありますが、これはどす赤いのです。一瞬私は、大輪の牡丹《ぼたん》を連想しました。

つぎにはっきり見ることができたのは、白いワンピースを着て、仰向《あおむ》けに倒れている若い女の死体でした。女の顔には、ふしぎなほど苦悶《くもん》の影はありません。その、どちらかというと安らかな死に顔にくらべて、ぞっとさせられたのは、石榴《ざくろ》のようにはぜた、女の右腕の斬り口でした。

女――久留島晴子には、右の手首がありませんでした。畳をいろどるおびただしい血模様は、その切断面から吐き出されたものでした。

「こいつは、ひでえ」

しばらくのあいだ棒立ちになっていた深見は、やがて、あえぎあえぎいいました。

「ひゃ……一一〇番……」

その声は、まるでしゃっくりみたいに聞こえました。母さんはといえば、ダイニングキッチンのまん中に、ぺたんと坐《すわ》りこんだきりです。

「腰がぬけたね、奥さん」

これさいわいと思ったのでしょう、深見はがくがくする膝をもてあましながら、

「電話、してきます」

ゼンマイのゆるんだ人形みたいに、廊下へ、よたよたと出てゆきました。


初動捜査が重要とは、テレビの刑事ドラマでもよく聞かされることばです。

深見が電話をかけてから、ぴったり五分後に、もう警察の人たちがとんできました。鑑識というのでしょうか、白衣を着た人たちが、久留島のへやで忙しくたち働くのを横目で見て、深見と私は、管理人室へ呼ばれました。事情聴取──なんですね、あれが。

袋田警部にはじめて会ったのも、そこでした。えらの張ったがんこそうな顔立ちでしたが、ほんとうは神経質な都会人なのでしょう。ときどき、自分でも気がつかぬ程度に

唇をゆがめるくせがありました。

深見の場合は、簡単だったようです。ビジネスとして訪問したにすぎませんから。

でも、母さんの場合は、根掘り葉掘り聞かれました。殺人事件——それも、若い女の片手が切り取られるという、猟奇的な場面にはじまっているのですから、警察が闘志をもやしたのもあたり前でした。

「すると、奥さんは、息子さんが彼女の家にいる。そう思って、とっちめにおいでになったんですな」

「はい」

「息子さんは、おいくつです」

「はたちでございます」

「被害者は二十二歳。若い男が、娘さんを訪問するのにふさわしい時間じゃない。あなたは、弘一くん……でしたな、息子さんに来た手紙を読んでふたりの関係を察した。ふさわしくない時間だからこそ、弘一くんが彼女のへやにいると考えた」

「はい」

「どんな手紙でしたか。いや、いずれ……というか、今夜これからでも弘一くんのアパートにうかがうつもりですが、その前にざっと聞かせてください」

警部のいっていることは、うそでした。久留島のへやをたずねた事情がわかるなり、私から弘一の下宿の住所を聞きだしているのです。

とっくのむかしに刑事を走らせたにきまってます。私を釘《くぎ》づけにしたのは、息子に電話をかけさせない用心でしょう。

「べつに、せっぱつまった様子はありませんでした」

それでも私は、正直に、思い出しながら答えました。お前も知っているとおり、母さんはうそつきが大きらいです。だから、私自身も、うそをつかないよう心がけているんです。

「せっぱつまった様子はない？」

警部が眉をひそめました。

「すると奥さんは、かれと彼女の間に、険悪な空気が流れていると予想したのですか」

思いがけないことば尻をつかまれて、私はあわてて気味にいいました。

「そうではございません。ただ……」

「ただ？」

うつむきがちな私の顔を、のぞきこむようにして警部がたずねます。

「あんなむごたらしい死にざまでしたから……久留島さん、なにかひとにいえないようなわけがおありになったかと、一所懸命手紙を思い出していたものですから……」

「ごくふつうの文面だったんですな」

「はい」

「しかし奥さんは、ふたりの関係を予測して、ここへかけつけた」

「それは……私は、弘一の母親ですし……女でございますから、なにげない手紙の裏に、なにかこう……許しあった者の甘えというか、そんな匂いを嗅いだんでございます」

「なるほど」

警部がうなずいたとき、管理人の机に置かれた電話が鳴りました。

「そうか。わかった」

手みじかに応答した警部は、ふりかえっていいました。

「息子さんは、まだ帰っておられませんな」

ついさっきいったことなどけろりと忘れて、袋田警部は、お役人らしいあつかましさで、

「心当たりの行先があったら、教えていただきます」

はじめから容疑者あつかいです。私は、むっとしました。

「下手人は、弘一だとおっしゃるんですか」

「いやあ、奥さん」

警部は、ひらひらと手をふりました。

「捜査はまだはじまったばかりです……すべては白紙の状態ですな」

「では申し上げますが、弘一は、決して殺人犯ではございません。母親の私が、いちばんよく存じております」

切口上の私に、閉口したような眼をむけた警部は、

「ごもっともです。親御さんとしては、当然です」

かくんかくんとお義理みたいに首をふっただけでした。

やっと解放された私が、パークハイツの表へ出ると、待ちかねたようにひとつの影が近づいてきました。深見でした。

「ご苦労さま」

といいながら、かれは火のついた煙草《たばこ》を路上へ落とします。強い風にあおられて、一瞬火の粉を飛ばした煙草は、すぐ闇の中にしずみました。

「まだ、いらしたの」

「どうも、この時間ではタクシーが拾いにくくて……警察も不親切だな。奥さん、どうやって帰るんです」

「車がありますわ。おかまいなく」

さっさと背をむけたのですが、

「ほう、そいつはすごい」

という背後の声は、いっこうに遠くなりません。

（ついてくる）

母さんはぎくりとしました。

え、なんですって、宗夫。

「襲われると思ったのか。うぬぼれてやがる」

そういいたいんでしょう。どうぞ、勝手におっしゃい。

「ずいぶん遠くに置いたんですね、車」

八年も前に買った中古で、おまけに今日は飛騨から乗ってきたままのあわれな姿です。

私は知らん顔で運転席にはいりました。いくらなんでも、それであきらめるだろうと思ったら、相手は平気な顔で、車の中までのぞきこむじゃありませんか。リアシートの床にごたごたとほうり出された、チェーンやジャッキやぼろ毛布を、もの珍しげにながめています。女性ドライバーにしては、整頓がなってないとでも思ったのかしら。仕方なく、私はいいました。

「お乗りになる」

「すみませんねえ。こりゃ申しわけない」

待ってましたとばかり、深見は助手席に坐りこんで、ぶるると体をふるわせました。

「寒いな」

「あいにくヒーターが故障してますのよ」

がくんとつんのめるように車は走りだしました。

広い通りに出ると、腹がたつじゃないの、タクシーはいくらでも流していたわ。けれど深見は知らん顔で、

「息子さんの下宿へ帰るんでしょう」

とたずねます。

「いいえ」

母さんはあくまでそっけなく、

「あんな子はもうほっておいて、このまま可良寿へもどりますわ」

「は？　カラス」

きょとんとした顔に目を走らせて、つい失笑してしまいました。

「私の住んでいる所」

「ああ、高山の奥の……おもしろい名前ですね」

「村の者にはおもしろくもありませんけど」

「奥さん、その村の方なんですか」

「いいえ。戦争中に疎開して、それっきりだったんです」

スピードをあげながら、私は心の中で困りきっていました。

（どこまでついてくるつもりかしら）

いらいらした気持が横顔にうかんだのか、深見はいそいでいいました。

「すると西へ折れて、国道四十一号線を北上することになりますね。ちょうど、よかった。ぼく東名高速の小牧《こまき》インター近くが家ですから」

母さんをハイヤーの運転手と間違えているのよ。いま更喧嘩腰《けんかごし》になってもおっつかないので、胸をさすって我慢していると、あれこれ話しかけてうるさいったらないの。おもちゃ会社につとめてるくせに、血なまぐさい話が大好きなんですって。

「刑事たちの話を、小耳にはさんだんですが、死因は青酸のようですね」

「まあ。毒をのんだんですか」

「そういえば、顔がぼうっと赤らんでいましたね。あれ、青酸死の特徴らしいですよ」

「深見さんは、あの女の人をよくご存知なんでしょう」

「ええ、まあ」

「どんな人柄でしたの」

「がんばり屋でしたよ。本人はおもちゃでなく、インテリア・デザイナーの道をあゆみたかったようですが」

「いえ、仕事よりも久留島さんの気性は……」

「情熱的だったな」

「情熱的というと……カルメンみたいな」

深見は笑いました。

「古いところをもちだしましたね」

笑われても、母さん聞いておきたかった。そうでしょう、かりにも弘一が心をよせた女ですからね。

「なにごとにもむきになって、とびかかってゆく性分でしたよ。こと志とちがって、おもちゃのデザインをやることになっても、絶対に手をぬかない。社長と猛烈にやりあうのを見て、ぼくらははらはらしたもんだな」

「そんな女の人では、敵も多かったでしょうね」

「敵も多いが、味方も多い。恋も多いが、失恋も多い。そういう感じです。たけだけしいわりに、淋しがりやの一面がありましてね。なんどか大勢で飲んだことがあったが、ある線越すと、急速に泣き上戸《じょうご》になったな……」

さすがに深見の口調に、久留島晴子を悼《いた》むひびきがありました。

「彼女、三重県の田舎から名古屋へ出てきたんですよ。女ひとり都会で生きるため、必要以上につっぱらかっていたんでしょう」

それからふっと話題をかえて、

「ひとり暮しという点では、息子さんもおなじでしたね」

「長男は名古屋。次男は東京に行っております」

「すると奥さんは」

「可良寿で、ひとりですわ」

息子たちがおさない時分に主人を亡くし、よろず屋のような商いでどうにか生活している
ということ、深見は目をまるくしました。

「へえ……一家三人、ばらばらなんですか！　どうしてまた」

「勉強の都合がありますもの」

二浪の長男は、名古屋で評判の予備校へ通わせ、次男は東京の一流高校で進学準備中
ということ、相手は鹿爪らしく首をふって、

「教育ママなんですねえ」

といいます。声にかすかな非難のニュアンスがありました。

私はそれを無視して、

「一所懸命なんですよ……どうあっても、公立大学の医学部にはいってほしいんです」

「ワンパターンだ」

と、こんどははっきり、嘲笑がまじりました。

「どうしてこう猫も杓子《しゃくし》も、子どもを医者にさせたがるんだろう。そりゃ医者になれば、
食いっぱぐれはない。金はできる。脱税も上手になる。だからって、そのために貴重な
青春時代を灰色の受験地獄ですりへらすなんて」

そういう深見の批判こそ、ワンパターンなのに。

母さんは、いってやりました。

「よそさまがなんとおっしゃろうと、私は、息子を医者にさせます。貧乏人ですから、なん百万なん千万の寄附金を積むことはできません……ですから、子どもには、勉強に励んでもらうほか道がないんです」

「しかし、ねえ」

深見は、まるでテレビに出演中の教育評論家みたいな口ぶりで、

「息子さんの個性が、医師にむいているかどうかわからんでしょう。早い話、ぼくみたいなおもちゃ屋にむいているかもしれん。内心ではミュージシャンになりたいのかもしれん。そのへんのことは、お考えになったんですか」

「考えました。上の息子が中学へはいったばかりのころ、一家三人でようく話しあいました。その結果、医学にすすむことにしたんです」

「子どもは育つもんですよ。一日のうちに、いくどとなく変化するもんだ……ぼくはこの年まで独身ですから、自分の子はいませんが、商売が商売なんで、よくわかります。小学生や中学生の時期にその気になったとしても、いまもそう思っているかどうか……」

「小学生でもおそいほどですわ」

私はきっぱりといいました。

「いまの進学システムで、ほんとうに自分の希望する大学へはいろうと思うなら、幼稚園の時分から、それ一本槍で進まなきゃ、間に合いませんもの」

「ひでえもんだ」

あきれはてたように、深見は、くっくっと笑いました。

「察するところ、奥さん、若いころは女医志望だったのかな。いまの親は、自分がかなえられなかった夢を、子どもに果たしてもらおうと、資本投下してるそうですが」

「夫の敵《かたき》をとりたいんです」

さすがに笑いがやみました。

「敵」

「また古いことをいうとおっしゃるでしょうけど、主人は、村に医者がいなかったばかりに死にました」

宗夫。

お前にとっては、耳にたこのできるほど聞かされた話だろうけど、でも、もういちどつきあっておくれ。

「可良寿には、医者がいません。戦争前も、戦争中も、戦争後も……おまけに、深雪地帯の奥飛騨ですわ。冬がくると、どこもかしこも二メートルから三メートルの雪に埋もれます。

そうなると、里との連絡は電話だけです。役場には雪上車がありますが、時速やっと四、五キロしか進めないときが、ざらなんですよ。

主人は可良寿で生まれ、育った男でした。遠縁をたよって疎開した私は、両親に早く死に別れたこともあって、可良寿に住みつき、可良寿の男と世帯をもちました。

丈夫がとりえだった主人が、どこでもらってきたのか風邪をひきましてね……ふだん健康だっただけに、つい手おくれになってしまって。

医者に診せようと決心したものの、診療所は遠いんです。可良寿じゅうの人たち総出で、木の枝を切って橇《そり》をつくり、それに主人を乗せて運んでくれました。

先導役なん人かが、まず雪をかきわけて……そのあとの人たちが雪をふみかためる役で……それからやっと橇を曳《ひ》くんですよ。

半日がかりで、診療所の灯がぽつんと見える場所まで来て、そこで主人は息をひきとりました」

「患者が出むくことはないでしょう……なぜ医師が来なかったんです」

「たったひとりしか医者のいない診療所ですよ」

母さんは、根気よく話してやりました。都会の人が、疑念をはさむのもむりはないのです。十分と歩かないうちに、なんでも欲しいものの手にはいる街に住んでいる人に、隣の家まで行くのに一時間かかる冬の山村の有様が、想像できるものですか。

「その診療所には、主人とおなじように、遠く山をへだてた村落から、つぎつぎ患者が集まってくるんです。主人ひとりのために、先生に来てくださいとはたのめません……それどころか、先生ご自身が過労で、発熱をおしての診療中だったんですもの」

深見は沈黙しました。

国道沿いのモーテルのネオンが、時たまはっとするほどあざやかな色彩のモザイクを、夜空にかかげているほかは、墨汁を流したような闇でした。雲が厚いのでしょう。このあと、下呂《げろ》から大雪になって、母さんはさんざんな目にあいました。

「街の人は、夏になると、どっと高山や穂高へおしかけます。まるで、原宿か六本木をのし歩くような恰好《かっこう》で。バス路線はなくなったけれど、マイカーやレンタカーを使って、可良寿の里にもはいりこみます、うちの店先で牛乳を飲んで、

『やっぱし味がちがうわねえ』

『牛乳もうめえけどよ、空気だって、てんで味がいいじゃん』

そんなことを話していた、子どものようなアベックが、私にむかっていうんです。

『おばさんうらやましいな。こんなトコに住んでりゃ、長生きできるぜ』

とんでもない！

一年でいちばんいいときにだけ、ひょっこり顔を出して、なにをうらやましがってる

の。冬になれば、家という家は雪におしつぶされそうになって、乗鞍《のりくら》も穂高も白い魔物のように見えてくるのが、可良寿なんですよ。

『テレビがないのはすばらしい』

いつか来た、文化人という肩書のえらい先生がおっしゃいました。私は、せめてテレビの電波が届けば、可良寿にのこる若い人もいるだろうにと、くやしくてならないんですけどね。

お役所の指導で、分教場は閉鎖されました。子どもたちはのこらず、冬のあいだ寄宿舎暮しです……だから可良寿は、いよいよ年よりばかり。いっそ廃村にして、里へひっこそうという話もありますが、目の黒いうちは動かんとがんばるご老人もいて……私だって、主人の生まれた土地を動きたくありませんわ。

ええ、どんなに貧しくても、可良寿はいまとなっては、私のふるさとですもの。

ずっとむかし、まだ飛驒が天領だった時代に、幕府の奨励で試験的に植えられたケヤキがあるんです。ちょうど可良寿のシンボルのように。幹のまわりは、十メートル近くあるかしら。

名高い円空《えんくう》上人が、その近くで庵をむすんで、金剛神や仁王を彫ったといいつたえられていますが、それよりも有名なのは、飢饉《ききん》のとき餓《う》えに苦しんだ村人が、一家そろって首をくったため、首吊《つ》りの木と綽名《あだな》されたことですわ。

アベックもその噂《うわさ》を聞いていたようです。

『首吊りの木っていうけどよ、ありゃでたらめだな』

『あら、どうして』

『お前、自分の眼で見て、わかんねえのか』

男は笑いました。

『実際に、自分で首を吊るつもりになってみろよ……枝ぶりがいいのはけっこうだが、どうやってロープをひっかける』

『あ……そうかあ』

甘ったれた声で、女が感心しました。

『枝が高すぎるわね、どれもこれも』

『そうだろう。あんなところで小さな子もまざった一家が、首吊りできるもんか。伝説なんて、ま、その程度のもんさ』

きいたふうな口をたたく男の顔に、私は水をぶっかけてやりたくなりました。

枝が高すぎて、首を吊れない首吊りの木。そう思いこんでいる町の人間に、可良寿の苦しみの歴史なんて、わかりっこないんだわ。

よそ者にわかってもらえないなら、自分たちの手で、すこしでも解決に努力しなくては……村落あげて逃げ出すなんて、苦しみに耐えぬいたご先祖様と比べても、意気地がなさすぎます。

主人だって、土の中で、きっと歯がみしてると思います。

医者さえいれば……来てくれれば、まだしもふみとどまる家がふえるでしょう。でも、町で育った医師には、期待できません。村によっては、医学生に奨学金を出したり、町長さんがテレビから訴えたりしていますが、おいそれと来てはくれませんわ。

だから私は、息子を医者にしようと思い立ったんです。可良寿で生まれた息子には、みんなの辛《つら》さ悲しさが、痛いほどわかります……医者となって、ふるさとに帰り、廃村を防ぐ。

大時代《おおじだい》に夫の敵をとるなんていいましたけれど、すこしは私どもの気持、汲《く》んでいただけたでしょうか」

母さんの長いおしゃべりがおわっても、深見の答えはありませんでした。聞こえたものは――

助手席の寝息だけでした。

ばかみたいね、母さん。がむしゃらにひとり相撲をとっていたんだわ。

怒る元気もなくして、肘でつついて起してやりました。

「もうすぐ小牧のインターですよ」

「あ？　ああ、どうも」

ねぼけ眼で返事した深見は、ひどくとんちんかんなことを口走りました。

「弘一くんは、犯人じゃありませんよ。奥さん、ぼくはなんにもいわないから、ご心配なく」

「心配なぞしておりません」

母さんは、ぴしゃりといってのけました。

「弘一があんなことをするものですか」

「そうとも、母さん」

という、宗夫、お前のことばが聞こえるみたい。

「だから、おれも気にせず、勉強する」

お願いしますよ、宗夫。

弘一とちがって、お前は小学校のころから飛びぬけて頭がよかったね。母さんたのしみにしてるんだよ。

「それにしても……」

上衣の襟をかきあわせながら、深見のもぞもぞつぶやく声が耳にはいりました。

「どうして犯人は、彼女の右手首を切り取ったのかなあ」

●息子より母への手紙

おれのしゃべることまで、みんなそっちで書いたんじゃ、出る幕ねえな。

兄貴、どこへ行っちまったのかね。

ま、あんたのいうように心配しないことにする。

正直いって、兄貴は頭を使うよか、体を使うのが得手《えて》だった。柄が小さいから馬力はないが、尻が軽くて、可良寿でみんなに重宝がられたよな。

予備校すっぽかして、名古屋のどっかで、ウエイターかバーテンをやってるんじゃないの。そのうち、ほとぼりがさめたのを見はからって、

「どーも、どーも。おさわがせいたしました」

なんちゃって、這《は》い出してくるだろう。

警察じゃ兄貴を探す一方で、被害者のビジネスの方のつながりを洗ってるらしいな。彼女が兄貴の恋人ってのは、いわば母さんのカンだけだろ。

案外、なーんにもなかったんじゃねえのかな。ディスコで知りあったそうだけど、その程度のつきあいなら、はばかりながらおれだってゴマンといるもん。目をまわすなよ。

そりゃひょっとしたら、彼女を最後に訪ねたのが兄貴だってことは、あるかもしれな

い。

ふらりとへやへはいったら、彼女が死んでた。兄貴ってのは、気の小さいヒトだから、自分が疑われやしないか、そう思っただけでぶっとんでさあ、それがきっかけになって蒸発するくらい、やりかねないよ。

たとえ彼女にふられてさ、骨の髄まで憎んでたって、手をちょん切るなんてスプラッタ、実演するヒトじゃない。うん、そいつはおれも保証する。

そんなことをやるやつは、もうちょい中年で、情痴にくるって、三角四角どろどろの関係で、嫉妬のあまり庖丁《ほうちょう》ふるって、

「この手で乳くりあったかアマ」

てんで切りつけるような……たとえば母さんが、ばったり出くわした深見某なんての、あやしくないかい。

ほら、犯人はかならず現場に帰ってくるというだろう。

実はかれ、母さんよりひと足先に彼女を訪ねて殺していて……そのあと母さんが来たのを見て、Uターンして、自分から発見者を買って出た。というケースもあり得るぜ。

そうなると母さんは、ダシにされたんだ。

もっとも、彼女は青酸入りのウイスキーで毒殺されて、そのあと手首を切られたらしいね。凶器は台所にあったとおぼしい庖丁、死亡時間は母さんたちが発見した三十分く

らい前……。

くわしいのに驚いたか。

週刊誌でとりあげていたのを、サテンで読んだだけだよ。

犯人は来客をよそおってあらわれた。なぜそんなことがわかったかというと、流しに、洗ったばかりのコップがふたつと灰皿が、伏せてあったからさ。

これまた兄貴にできっこない。人間ひとり殺せば、パニック状態になって、コップを洗うどころのさわぎじゃねえよ。模擬テストで度胸のついてるおれだって、自信ないもん。

図々しさからいやあ、深見をマークすべきですよ。

そいつ、母さんに気があるのか。へんにねちっこくつけまわしたじゃないの。

母さん、自分じゃぴんとこねえだろうけど、渋皮むけてて、そのトシにしちゃ、男好きするほうだかんな。用心しろよ、用心。

さて、むだ口はここまでにして、スーパーへ行ってくる。腹がへってはいくさができない。ミンチの安い店めっけたんだ。勉強も着々とはかどってるから、乞御放念。

兄貴が早いとこ姿を見せるのを、祈ってるよ。

飛騨の冬は、ことしも雪がふかいだろう。この手紙だって、いつ着くかな。

●母より息子への手紙

たぶん、お前の耳にもはいったと思います。

可良寿の人たちが、全戸離村しようという談合を、三日もかけて煮詰めました。

母さんは、もちろん反対。

絶対、いやです。

そういうと、作爺《さくじい》さんが聞こえよがしにつぶやきました。

「ふん。親はそうでも伜《せがれ》はどうだ。可良寿へ帰るのがいやさに、行方知れずになったでねえか」

弘一のことをいってるんです。

「そんな子ではありません！」

そう怒鳴ってやりたくても、怒鳴ることのできないもどかしさ。

せめてお前だけでも、医学部へ合格した上で顔を見せてくれたらね。

あとひと月。ひと月で、いよいよ受験ですね……文字どおりの背水の陣だということは、母さんがいわなくても、お前がようく知ってるはずだわ。

可良寿をのこすもつぶすもお前の合否にかかっている。

なぞといったら、またお前は、眉をひそめるでしょう。

「そんなことといわれちゃ、ペンがビビるぞ」

大丈夫よ、宗夫。

母さん、お前を信じてる。

●息子より母への手紙

刑事が来た。新聞でも読んだ。

どういうことだ、母さん。

兄貴の死体が、可良寿の雪の下から出てくるなんて。

いつ、兄貴は可良寿に帰っていたんだ。それも、雪に埋もれて、遭難して死んだんじゃない。久留島という女が死んだのと前後して、青酸死していたという……。

雪崩《なだれ》がおきて、いく人かが生き埋めになって、救助隊が大挙してそのへんを掘りかえした。もしそんなハプニングがなかったら、兄貴はまだ当分のあいだ、だれにも知られず眠りつづけていただろう。

新聞は報じている。

まだ推測の段階を出ないけれど、久留島晴子を殺したのは、兄貴だろうと。罪におびえて、故郷で自殺したんだろうと。

おれはしかし、信じないぜ。

母さんだっておなじだと思う。

だけどさ。新聞で読むかぎりわからないことがいくつかある。

ひとつは、兄貴がのみこんでいた小さな鍵だ。解剖の結果みつかったというが、いったいそれは、なんの鍵だったのか。

もうひとつ、兄貴が死んでいたのは、可良寿を出はずれた、おれたちが三ツ目ケ淵と呼んでいたあたりの北斜面だそうだね。あのへんは、いちどドカ雪が降ったら最後、近よることもできなくなる。春になっても、おいそれと雪は溶けない。そんなところへ、兄貴は、いつ出かけたんだろう。

おれはおぼえている。久留島晴子って女の死んだ日の、深夜からあくる朝にかけて、飛騨が厚い雪化粧をしたのを。たしか母さんも、「下呂から大雪になって、さんざんな目にあった」と書いてたっけ。

おれ、気になって、役場へ問い合せてみた。そしたらやっぱり、国道が閉鎖されるほどの雪になってる。母さんはあぶないところで可良寿にたどりついたけど、兄貴はどうやって帰ったのかな。

車もないし、免許もない兄貴が、たとえ彼女を殺して逃走する途中だったにせよ、母さんより先に飛驒へはいる可能性はなかったと思うんだ。

しいて探せば、高山本線の夜行急行のりくら9号がある。名古屋二三時五〇分発だから、「犯行」がおわったあと、十分間に合うだろう。だからおれ、刑事が来たとき、それとなくたずねてみたのさ。

「兄貴は、高山へ列車で夜中に着いたんでしょうか」

刑事はあっさり否定した。

そんなことは、とっくに調べずみだったんだ。雪に吹きまくられた深夜の高山に降りる人間なんて、数がかぎられている。兄貴と思われる年恰好の降車客は、ひとりもいなかったそうだ。

すると――

さっきの疑問に舞いもどって、兄貴はいつ、三ツ目ケ淵へ行ったのか。

その答えを母さんに求めるのは、むりだろうか。

事件のことばかり書いたが、明日はいよいよおれの運命の決まる日だ。丁と出るか、半と出るか。合格か落第か。医者の卵か高卒のサラリーマンか。

入試前日とちがって、いまはすっかり開き直った気持でいる。怒鳴ろうがわめこうが、ことはすでにおわったんだ。やるだけのことはやった……小学校のころから数えれば十年近く、おれの前には受験の二文字しかなかった。タバコも酒も映画もテレビもマンガも女もインベーダーゲームも……青春のこらず待たせておいて、点取虫に徹した毎日を思い出すとぞっとする。

合否は二の次、おわったというだけでもありがたい。なんていうと、母さん青くなるかもな。心配するなよ、こんだけガリ勉したおれが、おっこちるわきゃねえよ。合格したらすぐ、電報打ってやる。落ちたら——いそいで就職運動だ。電報打つひまなんかないもんね。

●母より息子への手紙

電報と、手紙をつづけて読みました。

合格おめでとう。

ほんとうに、ほんとうに、おめでとう。

お前は冗談めかして書いてるけど、この十年どんなにお前が苦労をしたか、母さんはよう知っていますよ。

合格の電報をうけとって、母さんいつの間にか涙を流してた。

可良寿の人たちも、考え直してくれるでしょう。もうすこしの辛抱で、地元で育った医者が帰ってくるんです。お父さんが、あの塩辛声で、

「宗坊、よくやった」

と叫ぶ姿が眼に浮かびます。

兄さんは——

さあなんというかしらね。

弘一の書置には、お前のことを、こんなふうに書いてありました。

「ぼくには、宗夫のような、人をおしのけてまでのしあがってゆく能力がありません」

なにをいってるんでしょう。自分の意志の弱さを棚にあげて、あてこするみたいな文章は、負け犬だってことを証明するようなものだわ。

書置は、久留島のへやで、女と八の字になって死んでいた弘一の頭のへんにありました。

むろん弘一は、母さんが、ここへ怒鳴りこみにくることを予想していたのです。弘一のへやには、私あての手紙がのこされていましたからね。

「今夜、晴子と結婚します」

と、それだけでした。

その手紙を見たときの、母さんの気持。

宗夫、お前なら察してくれるでしょう。そりゃ弘一だって、バイトで生活費を稼ぎ出してはいたけれど、予備校の授業料って高いのよ。母さんは、爪に火をともすようにして、仕送りしていました。

こんどこそ、合格してくれるだろう。こんどこそ！

それを気持の支えにして、ひとり暮しの淋しさをこらえてきたのに。

弘一も、遊びたいのを我慢して、勉強ひとすじにうちこんでいると思えば、母さんの淋しさなぞ、ものの数ではありませんでした。

その弘一に、女がいた！

しかも、母さんに一言のことわりもなく、「結婚する」という。

許せないと思いました。

女の住所を調べて、母さんは夢中でとんでいった。パークハイツとやらいうマンションに。

受付にはカーテンが下っています。気のせく私は、エレベーターに飛び乗って、五階へいそぎました。

鍵がかかっているかと思ったら、案外あっさりとドアはひらきました。

そして、バルコニーに面した和室で、死んでいるふたりをみつけたのです。

腹立たしいことに、ふたりの死に顔は、とても安らかでした。

弘一と久留島晴子は、手首を手錠でつないで死んでましたよ。死んだあとまで、別れ別れにされたくない。そんなつもりだったのかしらねえ。

さすがに私も、立ちすくみました。

結婚が、そのまま心中につながっていようとは。

どれほどの時間、そうやってふたりの枕もとに立ちつくしていたかしら。

弘一の枕もとにのこされた遺書に気づいて、私はのろのろとそこへしゃがみこみました。

「とうていぼくは、母さんの期待にそえない」

そんな泣きごとがならべてあったわ。

「晴子は、仕事が思うようにゆかないので、死ぬという。ぼくもいっしょに死のうと思う」

ばかばかしい。

人間そんな簡単に死んでいたら、命がいくつあっても足りはしない。母さんなんて、これまでなん度死のうと思ったことか。でもそのたびに、歯を食い縛って生きてきました。

「弱虫」

ふたりが生きているなら、そう怒鳴りつけてやりたかった。

書置を読みすすむにつれて、宗夫……お前のことが書いてありました。それで母さんは、はっとしたのです。

あと三ヵ月で、大学を受験するお前。精神的にもっとも不安定な時期にあるお前が、兄の心中を聞いたら、どんなことになるか。

それも弘一は、自分と弟をひきくらべて、劣等感にみちた遺書をのこしているんです。

(心中をかくそう)

私は思いたちました。

小心な弘一のこと、たとえ行方しれずになっても、

(兄さんならやりそうなことさ)

としか宗夫は思わないでしょう。

せめて三ヵ月、弘一の死を秘匿すれば、宗夫は、十年のあいだに結集した力のありったけを、厚い壁にむかってぶつけることができます。

万難を排しても、心中であることを秘密にしよう……そのために、弘一の死体を運び出すのだ！

決心はしましたが、第一の障碍《しょうがい》は、ふたりをつなぐ手錠でした。なぜ、こんなところに手錠があるのか、そのときは見当もつかなかったけれど、あとで深見が、女にFBIセットを発注していたと聞いて、腑《ふ》に落ちました。おもちゃをつくるための参考にしたのか、それとも試作品であったのか、いずれにせよあってふしぎのない手錠だったんですね。

（鍵さえあればすぐ外せるのに）

鍵はありませんでした。

まさか弘一がのみこんでいるとは思わなかったし、かりにそれがわかっても、どうすることもできなかったでしょう。

けっきょく私は、庖丁を使いました。

田舎の力仕事で鍛えた母さんに、小柄な弘一を運ぶのは、それほど困難な作業ではありませんでした。

しかし、エレベーターや玄関で、人にぶつかったら？　泥酔しているふうにみせかけることは思いつきましたが、ごまかしきる自信はありません。殺人を糊塗《こと》するのではない、息子の自殺死体をかくすだけ——という事実が、いくらか母さんを大胆にさせましたが。

幸いだれの目にもとまらず。マンションの前に駐《と》めておいた、車のトランクまで、弘一を運び出すことができました。夜の小公園には人影もなく、枝と葉をひろげる公園の植えこみが、母さんのかくれみのになってくれました。

一刻も早くその場をのがれようと、車をスタートさせた母さんは、はっとあることを思い出しました。

おそろしい忘れ物をしたのです。

弘一の肩に腕を回し、ひきずるようにダイニングキッチンを横切ったとき、小さな音をたてて床に落ちたボタン。弘一が高山市内で買った、お気にいりのジャンパーのボタンでした。

落ちたことはわかっても、弘一を支えている母さんは、しゃがんでそれを拾うことができません。

あとでもういっぺんひきかえして、拾おう……そのときはそう思ったのに、それっきり忘れて、車を走らせてしまったのです。

男もののボタン。

そんなものをのこしておくわけにはゆかない。ろくに推理小説を読んだこともない母さんだから、その遺留品がどんな働きをするかはわかりませんが、今夜弘一が来た痕跡だけは、徹底的に消しておかなくては。そのために、ふたりが毒を飲んだとおぼしいコップも、だらしなく吸殻のたまった灰皿も、きれいに洗って水を切っておいたのですから。

私は、車を公園から離れた場所に駐めておき、そそくさとマンションにひきかえしました。そしてそこで、深見に会いました。

宗夫。

いつかお前、手紙に書きましたね。

「あやしいのは深見じゃないか。犯行をおえて、もう一度様子を見にきたんだ。犯罪者はきっと現場にかえってくるから」

というようなことを。

ひやりとしましたよ、母さんは。現場にかえったのは、深見でなく私だったんだもの……。

深見が五〇三号室を訪ねるところだと知って、私は困りました。いくら考えても、名案はありません。仕方なく、あぶない橋を承知で、深見といっしょに久留島のへやにはいり、いっしょに事件の発見者になろうとしたのです。

あのとき母さんは、ダイニングキッチンで腰をぬかして坐りこんだと書きましたね。いうまでもなく、そこに弘一のボタンが落ちていたからです。ほんとうの母さんは、もうすこし度胸があるつもり。

さもなければ、死体をトランクにおさめた車に、深見を乗せたりしません。

あれ以上すげなくしたら、あやしまれるだろうと考えて、助手席に同乗させたのだけれど……結果として、失敗しました。

おっちょこちょいのようでいて、意外に見るものを見ていたのです。しばらくして、あの男から手紙が来ました。

「ぼくが最初に五〇三号室へはいったとき、ダイニングキッチンの床に、なにか光るものが落ちていました。どうやらボタンのようでした。

どさくさにまぎれて忘れていたが、その後だれもボタンを見ていないらしい。

しかし、あなたが恐怖のあまり坐りこんだのが、ちょうどボタンのあたりだったことを思い出しました。

あれは、あなたが持ち去ったのですか。

警察から、参考品として調べられていたFBIセットがかえってきました。コルト38ポリスポジティブをモデルにしたピストルはじめ、われわれが注文した道具は、ちゃんとまとめてありました。ただひとつ、手錠をのぞいては。

まさか手錠まで、あなたが持ち去ったんじゃないでしょうね。

あなたの車は、リアシートにがらくたがいっぱい詰めこまれていました。本来なら、トランクにあるべき代物《しろもの》です。

あのとき、トランクにはなにがはいっていたのですか。

ボタンのぬし――手錠のかかったなにか――が、はいっていたと考えても、不自然ではなさそうです。

つまり、若い男性。

晴子の情死の相棒。

……と、ずばりいったからって、ぼくを神のごとき知能の名探偵と思ってはいけません。

あのマンションへぼくがかけつけたのは、仕事のこともあったが、晴子から、冗談ぽい電話をもらったからでもあります。

あいつは、いいました。

『いろいろお世話になったけど、あなたは結婚してくれそうもないし、仕事もつまんないから、死ぬわ』

『あ、そう。どうぞ』

ふたことめには死ぬと口走る人間が、ほんとに死んだためしなんて、ありませんからね。

『おどかしじゃないのよ。心中するのよ』

『へえ。念のためにいっとくけど、心中てのはひとりじゃできないんだぜ』

『だからみつけたの。とってもいい人』

『そうか。そいつは、おめでとう』

それで電話は切れたものの——

だんだんと気がかりになりましてね。

かくすほどのことじゃありませんが、彼女とぼくは、一応親密な関係にありました。

結婚を前提としないおとなの関係。こっちはそれでわりきっていたのに、女という動物は……なんて、弾劾するつもりはまったくないんで、ひとり暮しの侘《わび》しさは、ご承知のとおり。

それも――こんなことをいうと叱られるかな、田舎にひとりで住むよりも、大都会の喧噪《けんそう》と戦いながら独居するのは、きついですよ。

だから、彼女がぼくとの結婚を夢みたとしても、責めるつもりはない。といって、その希望を容《い》れるつもりもない。

まあそんな宙ぶらりんの状態にあっただけに、ぼくも半信半疑でマンションへかけつけたわけです。

心中するのに、ドアをロックしておかなかったのは妙ですが、それも考えてみれば、仲のいい死にざまを、ぼくに見せつけたかったためでしょう。

不可解だったのは、心中の予告にもかかわらず、片割れの男がいなかったこと。ぼくはてっきり、

(晴子め。だまされやがった)

彼女に心中をもちかけた男は、薄情にも、どたんばになって尻に帆をかけたと、推察したんです。

待てよ。

それにしては、右手首を切断されたのがおかしい。

とつおいつ考えた末、ぼくは先に述べた三つの疑念を総合して、男の死体を運び出したのは、奥さんあなただと、考えました。心中の相手は、あなたの息子さんだったのだ。

それにしても、やりましたね……彼女の腕をぶった切るなんて。

ふたりが手錠でお互いをむすびつけて死んだ心理は、おぼろげながらわかります。ひとりぼっちにされた晴子の死体を見て、ぼくが考えたのとおなじことを、ふたりも考えたにちがいありません。

生きていても大したことはないから、死ぬ。だが、ひとりでは死ぬ勇気がない、きっかけもつかめない。だから心中する。

その程度のあいまいな気持で死のうというんです。ひょっとしたら相手は逃げだすかもしれません。それどころか、自分だっていざとなると浮き足立つかもしれないんだ。

心中のつもりで死んでみたら、やっぱりひとりになっていたんじゃ、死んでも死にきれないでしょうよ。その歯止めとして、手錠をかけた。

人を信じられない者同士の心中てのは、手間がかかりますねえ。

ぼくが指摘するのは、以上の真相です。

警察にいうつもりはありません。殺人という重大事件ならともかく、死体損壊と遺棄にすぎないのですから。

いかがです、奥さん。

ぼくの考えは、正しいでしょうか。近いうちにぜひお目にかかって、御返答をうかがいたいと思います」


だいたい、こんな手紙をもらったの。

これで、宗夫。

お前が不思議に思ったことのひとつ――弘一がのみこんでいた鍵が、手錠の鍵だとわかったでしょう。なぜ、弘一がのみこんでいたのかも。

第二の疑問については、賢いお前だから、ほぼお前自身が解答にたどりついているようね。

弘一が、母さんより早く三ツ目ケ淵に近よれないとすれば、弘一は母さんといっしょに飛驒へはいったのだ。

母さんは、いま、心の底からほっとしています。

思いがけない雪崩のために、予想より早く、弘一の死体は発見されてしまったけど、それはお前の試験がおわった直後だった。

そして、いま、お前の合格を聞いてから、あらためて兄さんの死を伝えることができる。はじめから私がくりかえしていたように、

「兄さんは、決して殺人犯では」なかったのです。それについて、「私にはわかって」いたのです……「信じるとか信じないの段階では」なかったのよ。

これから私は、父さんの墓へ報告に行きます。墓地はふかい雪におおわれているけど、どのあたりに父さんが眠っているか、私にはよくわかるの。

警察から死体がかえってきたら、弘一も、そのそばに葬られるでしょう。ついでにお前にお願いしておくわ。ふたりのあいだに、母さんもいれておくれ。

母さん、墓地の帰りに、首吊りの木へ行くつもり。

いつかのアベックは、

「首の吊れない首吊りの木」

と笑ったけれど、ちゃんと死ねるんだってことを教えてやります。

夏に来たあの人たちにはわからない……でも、春まだ浅いいまの季節なら……空を突き刺すあの喬木《きょうぼく》も、雪に埋もれて……らくらくと枝に綱をかけることができるんだもの。

さよなら、宗夫。

可良寿の嘆きと苦しみのシンボルだった首吊りの木で首をくくるのは、母さんが最後となりますように。

強くて賢いお前なら、ひとりになっても、きっと負けないでしょう。りっぱな医者になって、飛驒の人たちを助けてあげてください。

お父さんといっしょに、楽しみに見ていますよ。

●息子より母への独白

飛騨に太陽がもどってきたね。

土の中まで、ぽかぽかとあったかいだろう、母さん。

東京住まいに慣れたぼくだが、山国の春はいいな。花がいちどに爆発するみたいないきおいで咲く。ウメ、モモ、サクラ、みんないっしょだ。南岳のかげに、ちょっぴり顔を出している槍が、研《と》ぎに出したみたいにきらきら光る。

山王まつりは、あいかわらず豪華だったぜ。闘鶏楽《とうけいらく》のおはやしに乗ってよ、菅笠《すげがさ》の警固をしたがえてよ、趣向をこらした神輿《みこし》の渡御《とぎょ》だ……神楽台《かぐらたい》だろ、三番叟《さんばそう》だろ、麒麟《きりん》台だろ、鳳凰《ほうおう》台だろ……人の頭ごしに提灯の明かりが浮き出てさ……あのときばかりは、東京なんぞくそ食らえと思っちゃう。

ほんとだぜ、ほんと。

生きてりゃ母さんも、おれと肩をならべて見られたんだけどな。

死んでしまえばそれまでだ……お墓の住み心地はどうだい。もう辛いことはなくなっただろう。ひとりで淋しくなることもないし。

おやじに、兄貴。ご機嫌はどうだね。そうそう、兄さんが埋まっていた近くから、晴子さんの手首もみつかったよ。こわれた手錠もね。

母さん、兄貴を雪に埋めるのに、手錠のままではかわいそうだと思ったんだろうな。スパナでがんがんなぐって、こわしたらしい。はげしい親だよ、まったく。

手錠はともかく、手首は作爺とこのクロがくわえて持って来たから、可良寿あげての大さわぎになったらしい。

けっきょく、手首のぬしが判明して、焼いたあとの骨は晴子さんの故郷に運ばれた。両手がそろわなくては、仏になっても合掌できないからな。よかったよ。

それから、母さん。

東京のおれのところへ、深見さんが訪ねてきた。辛そうだった……かれ、母さんを好きになっていたんだな。

あの人、きっと、母さんみたいなタイプが好きなんだ。だって、晴子さんも母さんに似ていたんだろう。はじめて深見さんが会ったとき、母さんを、彼女の肉親とかんちがいしたじゃないか。

兄貴が晴子さんと仲よくなったのも、母さん似だったからかな……マザーコンプレックスかな。

母さん、うそはきらいといってたっけ。母さんの書いた手紙、なるほどうそはなかったようだ。あちこち、意識的に省略していらっしゃいますけどね。深見さんといっしょに、晴子さんの死体を発見したときだって、母さんにしてみれば二度目だもんな。

「あっと驚いた」り、「わが目をうたがった」りしたらうそになっちまうけど、母さんが「ぞっとさせられた」のは、彼女の右腕の斬り口だけだ……そりゃあ自分で斬ったんだもの、あらためてそこを見せられれば、ぞっとするのは当然だね。

母さんが「腰がぬけた」といったのは、深見さんだ。母さん自身は、「坐りこんだきり」としか書いていない。

たしかにうそはついてない。みとめるよ、うん。

だけど……。

あれはうそじゃなかったのかな、兄さんと晴子さんをひきはなしたわけ。

母さんは、しきりとぼくの情緒不安定を理由にしてるけど、本音は晴子さんに、やきもちを嫉《や》いたんだと思う、大事な伜を、こんな女にとられてたまるか、てなことでさ。

母さん自身は、気がつかなかったかもしれない。だからうそとはいえないかもしれない。ぼくらを医者に仕立てようとしたのも、世のため人のため、可良寿のためと大義名分をとなえたけれど――本音は、村の人たちを見かえしたかったんじゃないの。

むりないと思う。母さん苦労したかんな。やもめ暮しでおまけに、いっちゃなんだけど可良寿で飛び切りの美人だった。誘惑をはねつけるたび、風当たりがきつくなってさ……田舎はすぐ噂がひろがるんだ。

作爺みたいなよぼよぼでも、母さんの手をにぎろうとしたというもん。子ども同士のつきあいで、そういう話を聞くたびに、おれ歯ぎしりしてくやしがった。母さん本人なら、なおのことさ。

息子が大学を出たら、博士になったら、お医者さまとして故郷へ錦をかざったら……つもりつもったねじくれた気分が、いっぺんにふっ飛ぶと、母さんの心のどこかで考えてなかったかな。

村の人の誘いの手にはのらなかった。だが母さんは淋しかった。

まだ二十代の半ばで、未亡人になった母さんだ。体の奥にちろちろ燃える炎が、どんなきっかけではげしく火の粉を散らすようになるか、母さん自身も不安だったと思うよ。

母さん。

おれ、深見さんが来たとき、はっきりと訊《たず》ねてやった。

「母さんを抱きましたか」

深見さん、うなずいたよ。

それほど具体的な見かえりを考えて、母さんに手紙を出したのではないと、かれはいってた。

だが母さんは、深見さんが沈黙をまもるお礼にと、体をひらいた。

深見さん、母さんよりふたつ下だってね……父さんとおない年だ。妙に符節が合うもんだな。

母さん。

母さんの自殺は、そのせいだろう。

長いあいだ指もふれなかった男に抱かれて、母さんは、自分でも思いがけず燃えあがった。

それがこわくなったんだ、母さんは。

貞婦の看板、賢母の名義、母さんを支えてきたもろもろの肩書が、たった一夜のためにけし飛ぼうとしている。自信をなくして、死ぬ気になった……兄貴の死体が発見されたのは、その引金でしかなかったんだ。

……というのは、みんな、おれの推測。あんまり息子らしくない考えだけどね。母さんりっぱすぎたからね。なみの人間にひっぱりおろしてやりたいんだ。

ほんとは母さんは、あくまでもおれのために……おれを医者にして、可良寿を守るために、がんばっちゃった清く正しく美しいヒトかもしれないな。

そうそう、残念ながら母さん、間に合わなかったよ。可良寿は全員離村するって。

それにさあ、もともとおれも、田舎へ帰る気はなかったしね。

母さんがひとりではりきってるから、いうのわるくて困ってたんだ。おれ、ずっと東京に住むよ。

約束がちがうって怒るかい。怒るだろうな。

でも仕方がないんだ。こんな田舎にひっこんだら、学問の世界じゃ、あっという間においてけぼりを食っちまう。

困っている人を見殺しにするのかって？

いや、もちろん、理屈としてはわかりますよ。ようくわかりますよ。

だが母さん、考えてもみてくれ。十年のあいだ受験のためにしごかれたおれだぜ。となりのやつが、授業がのみこめなくて困ってる。助けてやろう。後ろのやつが、ノートをとりそこねて困ってる。助けてやろう。そんなことしてたら、うけあうけど、おれ絶対にどこの大学へもはいれなかったな。

進学のためには、他人の足をひっぱらなきゃならないんだ。あいつが遊んでいたら、その隙にがんばるんだ。あいつが困っていたら、その隙に先へくぐりぬけるんだ。受験に要求される強い精神力てのは、弱者を見殺しにすることから出発するんだぜ。

そうやって十年育てられたおれが、大学へはいったとたんに、アナクロのヒューマニズムをおっつけられて、喜んでしたがうと思ったとしたら……わるいけど、母さん甘いなあ。

きのうも村の人たちの話し合いに出て、なにかおれに出来ることはといったら、離村したあと建てる記念碑を手伝ってほしいとさ。

寄金とか碑文をきめるとか、いろいろあるだろうけど、それくらいならおれにだって手伝える。

もちろん、建てる場所はあそこさ。円空上人ゆかりの地。母さんがそこで息をひきとった場所。村でいちばんの首吊りの木。

だれもいなくなった可良寿に、そんなものを建ててなにになるかと、母さんのいきりたつ姿が眼に浮かぶよ。

だが、作爺はつぶやいた。

「年にいちど、離村した日にわしらだけでも首吊りの木に……記念碑の前に集まるだ。むかしながらの穂高の山々をながめて、思う存分酒を汲みかわしてえ」

そのとき、山は残雪にかがやくだろう。花は風にゆれるだろう。鳥はのどかにさえずるだろう。故郷を捨てて老いたもと村人たちは、おぼろにかすむ思い出を、かきたてかきたて、話に花を咲かせるだろう。

せめてものことに、おれもその仲間へいれてもらうよ。嘆かないでくれ。怒らないでくれ。おれは、母さんに経を誦《じゅ》すつもりで、自分の撰《えら》んだ碑文を、酔いにまかせて読みあげるだろう……合掌。

街でいちばんの幸福な家族

ある風景

あなたがそこに見るのは、若々しい身のこなしの父親と、いくらか太り気味だがまだ十分に魅力的な母親にはさまれて、はじけるような歓声をあげている、小学生の男の子と、そんな弟をせっせとたしなめながら、いつか自分も彼のペースにひきこまれて、この年代特有の透き通るような笑顔を見せはじめた中学生の女の子。その四人連れなのだ。

そんな家族をあなたが目撃した場所は、繁華街とはいえないが、この町の市長が看板道路として育て上げたケヤキの並木道だった。兎《うさぎ》みたいにはね回る弟に目をやって、あなたは思わず微笑《ほほえ》んでいる。目ばかり光らせて、塾の宿題にとりくんでいる神経質な優等生でもなければ、肥満した鈍重ないじめられっ子でもない。子犬のようにやんちゃで、子猫のように愛くるしい、いかにも子供らしい子供だったから、彼をみつめるあなたの目は、きっと和《なご》んでいたはずだ。

その姉は表情ひとつで十歳にも見え、はたちにも見えた。おとぎ話の王女さまを連想させたかと思えば、娼婦のこびさえ感じられて、あなたをどきりとさせるに違いない。だが瞳を凝らしてよく見れば、どこにでもいる平凡な女子中学生、しいていうなら顔立ちがいくらか大人っぽいだけの少女であることがわかって、あなたはホッとする。

もしもあなたが、四人の会話を耳にできたら、彼女の大人びた物腰の理由が、いっそうよくわかったにちがいない。

父親は、さも可愛いくてたまらぬように、自分の肩まで背丈ののびた娘のロングヘアーを、そっと撫《な》でてやっていた。

「……想像力が豊かなのはいいことさ。なにしろお前は小説家志望だもの」

「小説でなくたっていいの。マンガでも舞台でも映画でも、私の作り話を見たり聞いたりしてくれる人がいるんなら！」

「お前の作る話は、どうも理屈っぽいからな」

父親がいうと、少女は長い髪をふって悲鳴をあげた。

「うっそオ！　さてはパパ、私のノート盗み読みしたな！」

「あはは、悪い悪い」

「謝っても遅い！　プライバシー侵害の罰として、ストロベリークレープひとつ！」

「ふたつ！」

間髪をいれず、弟が叫ぶ。

「あ、ずるいんだ。便乗するなんて」

「だってぼく、姉ちゃんの話好きだもん。姉ちゃんが話しだすと、ぼく一所懸命聞いたげるじゃないか」

「うそ、うそ！　あんたすぐスースーいって寝ちゃったよ」

「……お昼間、野球に夢中だから、夜はすぐに眠くなるのね」

いとしげに、母親の白い手が、少年の頰を撫でる。くすぐったいのか照れたのか、坊やはあわてて母の手から逃げた。

その様子を道のむこう側から見ていると、まるでじゃれあっているようだ。そんな母と子を、父親はゆったりとした笑顔で見守りながら、ふと腕時計に目を落とした。

「いかん、いかん。ビストロに約束した時間は、あと十分だよ。いそがないと、シェフに悪いぞ」

「おなか、へった」

とたんに大声をあげた弟を、姉がにらんだ。

「みっともない。お店へはいってそんな声出したら、ギゼツしてやるから。今日は、パパとママの結婚記念日なのよ」

「わかってる」

「本当なら、私たちはお邪魔虫なのよ」

「わかってら」

「でも、寛大なパパがご馳走《ちそう》してくれるのよ……だから、大人しくしてらっしゃい」

「へいへい、お姉さま」

あなたは、遠ざかる一家の後ろ姿を、微笑で見送っている。その視線を分析すれば、好意とともにいくらかの羨望と、嫉妬がいりまじっていたかもしれない。

(幸せそう……街でいちばんの幸福な家族!)

妻の独白

殺してやりたい。

あの女、松宮律子《まつみやりつこ》!

——今日私は、ひさしぶりで夫に逢《あ》った。むろん夫は、私に逢いたくて逢ったのではない、子供たちに食事をおごる約束があったから、しぶしぶ私の家にきたのだ。会食の理由は、結婚記念日!

笑わせないでよ、といいたくなる。女の家にいりびたって、どの面下《つら》げて私たちに逢いにくるのか。それはたしかに、私はいった。「せめて、子供たちにだけは惨めな思いをさせないで。あなただって親の片割れなのよ」

するとは夫は、当然という顔でうなずいてみせた。

「もちろんさ。たとえ俺と君が夫婦として失格でも、親であることに変わりはないんだからね」

そんなところに、なぜ「俺と君」が出てくるのよ。問題はあなたがあの女——松宮律子にのぼせあがった、そのことなのよ。子供ふたりはいうに及ばず、私だって被害者でしかないのに、なんだって「君」を「俺」の共犯にするの。

……あなたはいつだってそうなのね。言葉の綾《あや》で自分の責任をうやむやにする。男らしく、すべては俺の責任だ、そういいきったことが一度だってあったかしら。

ええ、それはかりにも結婚生活を十五年近くつづけたのだから、あなたの言い分は聞かなくたってちゃんとわかるわ。あなたはこういいたいんでしょう。

「俺の気持を律子にむけさせたのは、栄江《さかえ》、お前のせいだぞ」

そう……あなたは、父親の介護を拒否したといって、私を罵倒した。律子は、父親の最期をみとった老人ホームのナースだわ。さぞあの女は、あなたのお父さんによくしてくれたんでしょうね。

でも私だって、言い分はある。結婚を申し込んだときのあなたは、私にむかって断言したのよ。

「決して親の面倒を見させることはない。俺は次男だから、その点は安心してくれていい」

むろんあなたは、事情が変わったと主張するでしょう。兄さんが海外赴任した。母親が老いた夫をのこして他界した。のこされた父親はボケ気味だ。……いくらだって、もっともらしい理屈をつけることはできるわね。

でもあなたの本音がそれだけなら、私だってかたくなに、結婚前の約束を盾にとるつもりはなかったわ。なんとしても我慢ならなかったのは、あなたの今更《いまさら》めいた孝行が、すべて周囲への見栄《みえ》でしかなかったことよ。

そんなつもりはないと、強弁するかもしれない。事実あなたは、本気でそう信じているのかもしれない。でも、違うの。私にはわかる……あなた以上にあなたのことがわかるのは、それは私が、十五年来の妻だから。

この世にあなたほどの見栄っ張りはいやしない！

思い出すわ……あなたとはじめてデートしたときのこと。あなたはなんのつもりか、やにわに私を、超一流のホテルのスカイラウンジへ連れて行った。私がいやがると、さも（君はこんな場所に慣れていないんだね）というふうな笑顔を浮かべ、カクテルを一杯オーダーしただけで下界におり、行きつけの赤ちょうちんに誘い直した。

馬鹿にしないでよ。大学時代からあの程度のところなら、月に一度や二度は足をはこんでいたんだから。だけどあのときは、不意打ちだったもの。私は着古したワンピースだった。そんな恰好でグラスをあけてる最中に、もしも後ろで笑い声が聞こえたら、私はきっと頭へくるわ。TPOを知らない服装を、笑われたものと思いこんで、あなたが得々と解説した夜景の美しさも、カクテルの色彩と甘さも、頭の中から吹き飛んだことでしょう。

そんなことは考えすぎだよ……女って屈折するんだな。そういってあなたは笑うと思った。だから私は説明する気にもなれず、恥ずかしそうな素振りだけして見せたのよ。

もともとあなたは、私に最大限のサービスをするつもりで、あの場を選んだのではなかった。ただただ、（こんなハイレベルなところを知ってるよ）と、誇示したかっただけだもの。子供っぽい虚栄心を満たされた上は、一刻も早く退散するに限るから、私が赤ちょうちんを望むと、あなたは残念げな表情にまぜてほっとしたような笑顔になった。

あなたがおなじ会社にはいったばかりの私に、強引なプロポーズをくり返したのも、見栄でしかなかったわ。あの頃の私は、自分でいうのもなんだけど、若く張りのある肌を光らせていた……独身の男性社員が、いっせいに私を意識するのが感じられて、私はこころよい緊張をおぼえた。

そんな私だったから、あなたの標的になったのだ。あなたは私という女と結婚したかったのじゃない、私を射落とすことによって、同僚を羨ましがらせたかった、それだけ。

あなたは女がアクセサリーに凝るのを笑っていたが、そのあなた自身、妻をアクセサリ目尻になん本しわができたか、私にはわかっている。

十五年の歳月は女の肌にとって、決して短い時間ではない。鏡をのぞかなくても、目尻になん本しわができたか、私にはわかっている。だが、結婚して十五年といえば、男のあなたは仕事に脂がのっている最中だ……子供に手をかけただけ、あなたの面倒を見るのがおろそかになった。言い訳をするつもりはないけれど、仕事にかまけてあなたが家を外にした分、確実に私の子育ては忙しくなった。夜遅く、疲れて帰ってきたあなたに、夜食を用意することもなくなった。私だって疲れているんだもの。それが正直な気持だった。

知らず知らず、あなたと私の間には隙間風が吹いていた。でもそれは、決して嵐の前ぶれではなかった。どこの夫婦にもありがちな、些細《ささい》な心のすれ違いだった。

それが思いもよらぬ巨大な亀裂を生んだのは、義父の介護の問題でひと悶着あってからなのね。けっきょく私の意見が通って、義父は家から車で三十分ほどの、老人ホームへ送りこまれた。顎のとがった義父の寝顔を見たときは気の毒に思ったし、孝養をつくすつもりでいたあなたにしてみれば、さぞ腹の立つ妻だったろう。

でも私は、今でもあれでよかったと思っている……一時の感傷から老父を引き取っても、課長の椅子にありついたばかりのあなたに、義父のおむつひとつ替える暇はなかったし、私にはふたりの子供を、人並みに育てる義務がある。

あなたに報告したはずね、俊《しゅん》ちゃんが、学校でいじめっ子になっているのを。幼稚園のころから仲のよかったやっちゃん——といっても、あなたにはピンとこないだろうけど、体の大きな、吊り目の男の子がいるの。学校で最初にファミコンを買ってもらった子じゃないかと思う。三年になった今では、ゲームカセットを四十本近く持っているそうよ。俊はいつもその子の腰巾着で、誰かに悪戯しろと命令されると、喜んで——とは思いたくないけれど、とにかく俊がいじめをするの。あの子はすばしこいし、見るからに無邪気そうなので、先生も全然気がつかなかった。母親の私にしても、いじめられた男の子の親から抗議されて、やっとわかった始末だわ。どうしたら俊とやっちゃんをひき離せるか、頭を痛めていた最中じゃありませんか、義父の世話をしろと、あなたが頭ごなしにいったのは。

会社のお友達に聞いたけど、いつかあなたは部長さんと飲んだとき、今の若い者は会社や親のありがたみを知らんと、偉そうにぶったんですってね。そのときはまだ、お母さんがピンピンしてらしたから、まさか自分にすぐにも父の面倒を見る番がこようとは、考えていなかったんでしょうけど、実際にはたちまちお鉢がまわってきた。見栄っ張りのあなたとしては、親を老人ホームへ入れたくなかったのよね。

でもそれはあなたの勝手だわ。心から、父親の傍《そば》にいてやりたい、そう願っていたのならともかく、孝行者といわれたいばかりに、妻に約束違反の仕事を押しつけるなんて、許せない。

あなたにはもうひとつ、礼子《れいこ》が万引したことも知らせたでしょう。あなたはみっともないほど、あわてたわね。

「警察沙汰になったらどうする。すぐ謝りに行け。二度とそんなことをさせるな。会社で疲れている俺に、いやな話を聞かせて、この上ストレスを溜めさせる気か。おふくろみたいに心筋梗塞で死んだら、誰がお前たちを食べさせるんだ」

聞いていて私はおかしくなって、それから悲しくなって、涙が出たわ。なにかといえば、私たちのために働いているというけれど、その実気にかけているのは、体面ばかり。世間に知れたら、会社の噂になったら、それだけだもの。男に上昇志向があるのは当然かもしれない。あなたが出世の虫なら、それでもいい。だけどあなたを見ていると、ボロを出したくない、それだけのためにあれこれ気を遣っているんだもの。なんてセコい男といっしょになったのかと、私の胸の中まで冷えてきたわ。

でもあなたは、せっせと老人ホームへ通ったわね。父を思う息子の気持だけは本物、そう感心しかかっていた矢先だわ。義父の枕許で、あなたとあの女が唇を触れあっているのを、目撃したのは！

よくもまあ、恥ずかしげもなく……場所もあろうに、義父の部屋で……私は息も詰まる思いだった。どうやって、老人ホームを出たのかさえ覚えていないわ。全身が熱を帯びたみたいに、こまかく震えていたことはかすかに記憶しているけれど。

それっきり、あなたは家に帰らなくなった。間もなく義父が死に、通夜だ葬儀だと、親戚一同集まって騒いでいる間だけ、夫婦円満の鑑《かがみ》みたいな顔をして、あなたは私の家にいた。会社の人も誰ひとり、あなたが私と別居したことを知らないのには、驚いたけど……考えてみると、あなたは他の人ほど部下を家に連れてくるタイプではなかったし、最近では表でおごることが多かったから、あなたが口にしないかぎり、家を出ていることはわからないわ。ましてそれまでも、なん度となく老人ホームに泊まっていたあなた――今思えば、どこに泊まっていたのか怪しいものね――だから、もし部下の人が家に電話をかけてきても、あなたの不在をことさら不審に思いはしない。

今日だけじゃなく、子供を口実にしょっちゅうあなたは顔を見せる。それも私が、買物で留守をしていそうな時間を見計らって。その度に、あなたのクロゼットから見慣れた衣類が、消えてゆく。卑怯《ひきょう》なあなた、身の回りの品物を、根こそぎ持ち出す勇気もなく。……それ、どういうつもりなの？　いつかまた私のところへ戻ってくる、そんな果《は》敢《か》ない望みを私に持たせるために、ちびりちびり鼠《ねずみ》が餌をひくみたいに、なし崩しに服や靴を持って出てるの？

今夜も子供たちは、元気な声で「行ってらっしゃい」……あなたの背中にそう声をかけたわね。まさかあなた、礼子や俊が本気でそういっているとは、思っていないでしょう。

ふたりとも、身にしみて知っているわ。あなたの浮気。あなたに新しい女ができて、私と子供たちを捨てて出たこと。

いうつもりはなかったけど、私だって寂しいもの。それ以上に悔しいもの。サイドボードにあなたが飲みのこしたバーボンがあった。あれ、変な匂いがする酒ね。スコッチならいくらか飲める私が、はじめて口をつけたときには、今にも吐き出しそうになったわ。目をつぶって、ひと思いにぐいとやったら、礼子がびっくりしたように私をみつめてた。

「ママ、どうしたの」

「どうもしないよ」

「だって、いつか私テレビで見たもん。家庭の主婦がアル中になって、大暴れするんだ。ママもしたいの？」

「ばか」

私は礼子の肩を抱き寄せた。涙がポタポタ礼子の頬にかかった。冷たかったでしょうね、礼子ごめん。それがきっかけで、私はあなたの悪口をさんざ並べたみたいだわ。黙って聞いていた礼子が、最後にポツンといったのよ。

「それでも私、パパが好き」

そうなのね、あなたと私は別れてしまえば他人だけれど、子供たちとあなたは、切っても切れない親子の仲だわ。それを聞いて、私は思い直したの。せめてあなたが子供と逢っているときぐらい、笑顔で接してあげようと……ミエミエのお芝居、臭い演技といわれても、子供たちの心の傷口にせめて薄皮が張るまでは、無理を承知でつづけようと。

……ああ、なんて静かな寝息でしょう。今私の目の前で、娘は安らかな寝顔を見せてくれています。

マジカルエミのぬいぐるみを、後生大事に抱きしめて、花柄の布団から細い足首を突き出して……ほらほら礼子、夜はまだ寒いのよ。行儀よく眠って頂戴。そっと布団の奥に押しこんだ足首は、もう冷えきっていた。

礼子、礼子。ごめん礼子。

ずいぶん長い間、私は娘のベッドの前で、物思いにふけっていたみたい。それでいて、礼子が布団から足を出したことさえ知らなかったなんて。

お休み、礼子……それでもパパが好きなあなた。今日の食事はおいしかった？

娘の独白

るッさいんだから、もォ！

頼むからさぁ、ヒトが寝てる枕許《まくらもと》でブチブチぶちぶち独言《ひとりごと》いうの、やめてくれよな。それも酒臭いの！　アル中がペストみたいにうつったら、どーしよー。ま、あのヒトには同情すっけどさぁ。せっせとつくした夫に裏切られ……裏切り、なんてかわいいもんじゃないね。あんなに堂々、女の家へ入り浸るなんて、表切りというべきだね。くそ、グレてやろーか。なんちゃって。

近頃の子供はですね、現実の厳しさをよく知ってっからさ。そんな反抗がクソの蓋にもなんないことをよく知ってる。あ、きたない言葉を使ってしまった……ウオッシュレットのスイッチにもならないと言い替えます、文句あっか。

昔からパパは管理社会がどーこーとよく泣き言こいてたが、笑わせちゃいけないよ、笑って許して、笑っていいとも。あんたの子供が通ってるガッコの方が、なん十倍と管理化されてるんだから。髪の長さにスカートの長さ、カバンの中身は検査するわ、タバコの匂いはかぎ回るわ、抗議しようものならビンタが飛ぶし、そのまた体罰を諸手《もろて》あげて賛成してる親がいるんだ……「うちの子は手におえません、どうか先生ピシピシ叱ってください」あッは、よーゆーよ。それで親かよおやおやだね。君、君たらずんば臣、臣たらずって言葉知ってるかい。親が親の権利義務放棄して、子供を子供らしく育てようってのなら、いっそアフリカのジャングルにでも捨てろ。運がよければ、ターザンか狼少年ケンになれるよ。街のジャングルでは、少年A少女Bにしかなれんもんねッ。

ま、それに比べりゃうちの親たちまだマシな部類だと思うんだ。現にこの私だって、本音《ほんね》はともかく建前《たてまえ》では、いい子いい子で通ってる。テレビのホームドラマみたいにすべてがうまくゆくなんてあり得ないから、そこそこの幸せで折り合いつけてるつもりだったんよ。

そのちっぽけな幸福、ローンでしこしこ払ってきた幸せが、ある日どどっと地滑りおこした。いくら私が気くばりの礼子だって、パパがモロ浮気してるなんて知らなかった。ママが酒をかっ食らってさ、エプロンかけた金魚みたいになって、だいどこからでてきたときはたまげたじゃん。

わーっ、なんだなんだ！　せっかくのごひいきテレビ見るのやめて、思わずママの方をむいたら、目が点になった。よっぽど私もショックだったのね……「スケバン刑事《デカ》」の、しびれる台詞《せりふ》聞きそこねたくらい。

みつめる私、見返すママ。両者の視線がヒシッとからみあってさ。とたんにママ、うおーんと吠えて、私にしがみついたんだ。私、ダイエットして三〇キロ。あのヒト食欲の女神で六五キロ。ヒドイもんよ、これが女子プロレスなら、私一分もたずにフォールじゃん。

「ママ、どうしたの」

声もたえだえ尋ねたら、ずーずーしくもいってくれたね。

「どうもしないよ」

じょーだんはよし子さん、どうもしなくて酒飲み狂ってわが子を圧死させるようなら、あんたは実年性痴呆症候群、といいたくても口もきけなかったよー、グスン。

「だって、いつか私テレビで見たもん。家庭の主婦がアル中になって、大暴れするんだ。ママもしたいの？」

「ばか」

ばかじゃないもーんと、口の中で答えたとき、やっとママが体をおこした。あーあ、せめてあと一〇キロ痩せないと、パパに愛してもらえないぞ。忠告しようと思ったら、ぎやぁ……ママが私を抱き寄せた！


ぐるじい。しむぅ。抱擁ならパパとやれェ。

もがいていたら、ほっぺたに冷たい雫《しずく》がかかった。変なの、ママ泣いてるよ。きっと私が、顔中で「？」の字を描いてたんだね。それにママだって話したいことが山のようにあったんだ。ママはじゅんとパパの女の話をした——三十分たっぷり。

話しはじめて五分たつと、ママは女を、人間あつかいしなくなった。差別用語がポンポン出た。十分たつと、その中にパパまで仲間入りさせられた。女の人は松宮律子というんだって。割といい名前じゃん。礼子よりセンスあると思ったけど、まあそんなことはどうだっていいわ。十五分たつと、ママは頭におさめたフロッピーの辞書から、ありとあらゆる悪口を動員した。律子さんはもちろん、パパまで、利己主義で冷酷で家庭を顧《かえり》みなくて不実で嘘《うそ》つきでいやな奴で責任のがればかりして愛情のなにかを知らなくて奥さんがこんなに栄養管理に心を砕いているのもわからずに恰好ばかし気にしてて会社だってどうせ出世できっこなくて非行の大人で人間の皮をかぶった獣で――しっかしなんですね。そんな極悪無頼の雄《おす》を選んで、タンタカターンと結婚式をあげたって女も、そーとーのアホやね。黙って聞いてるのが辛くなったから、ブレーキをかけるつもりで、ぼそっといってやったんだ。

「それでも私、パパが好き」

ぐさり。そんな気分だったらしい。それっきりママ、しばらく黙ってしまった。あ、やだな……よくない前兆だなって、私思った。ママ、太ってる割に気が小さいから、今にも叫びだすんじゃないかと思ったんよ。

「礼子、私といっしょに死んでおくれ！」とかなんとか。

いくら子供でもそこまでつきあう気はないから、私は上目遣いにママの出ようを観察してたの。案外あっさり、ママひっこんだ。

「ごめん、礼子」

すっかり酔いがさめたみたい。私の髪を撫でながら、沈んだ声でささやいたわ。

「あなたにとって、パパはパパよね……いやなこと聞かせて悪かったわ」

うん。私はママのその素直なとこが好きなんだ。それでいいのよ、人間誰だって頭へきたときは、カッとなるもん。私のクラスのせんこーだって、そうなんだ。職員会議で校長とやりあうと、きまって私たちにあたるもんね。だから、殴られてカッカする男の子にいったげるの。女にアレがあるように、世の中に出ている男には、オンスがあるんだから同情してあげようって。

それにママの手つきがいい。ママならいくら髪を撫でても許せるけど、ぶっちゃけた話、パパに髪をさわられるの、迷惑なんだ。タバコの脂《やに》で黄色くなった指の爪がさ、乙女の黒髪の間を通過するなんて、考えただけでも枝毛ができそうだもん。

——そんなんだから、私はなにも知っちゃいない俊にいい聞かせて、パパの話はママの前でなるたけいわないようにさせてた。これでいろいろ気を遣うんだ。タダ飯食わせてもらってるんだから、ま、しゃーないと覚悟してるけどね。

だけど、さっきのママ、また落ちこんでたみたいだな。

えい、せっかく眠りかけてたのに、目が冴えちゃった。トイレ行くついでにママの様子を見てこよっと……そこまでアホとは思わないけど、自殺なんかされてたら、あとにのこる子供が迷惑するもん。

それにしても、パパ帰ってきてほしい!

妻の日記

殺してやりたい……いいえ、きっと私が、殺してみせるわ。

松宮律子！

あんな女に、夫を盗まれてたまるもんですか！

だからといって、どうやって殺せばいいのか、冷静になればなるほど不安が募《つの》る。夜、ひとりで広い布団にもぐる。横をむいてもあの人はいない。結婚前にあの人が買った電気スタンドが色あせたシェードを、横ちょにかぶって黙りこくっているばかり。蛍光灯の光はいやだ、白熱灯のほんのり暖かな光がいい。あなたはそういったわね。その光より暖かな私の肌がいい……ともいった。

今ごろあなたは松宮の肌に頰をすり寄せているんだわ。わざと髭を剃らずにザラついた頰で、あなたは私の胸のふくらみを、幾度も飽きずに撫で回した。

おなじことをあなたは、あの女にくり返しているのでしょう。その姿を想像しただけで、私はあなたとあの女が憎い、殺してやりたい！

……でもあなたを殺すことはできないわ。なぜってあなたは礼子と俊の父親だもの。ふたりを父なし子にすることはできない。片親では、礼子の結婚にも、俊の就職にも、差し支える……私にだって、それくらいの分別はあるのよ。

それをいうならあの子たちを、殺人犯の子供にすることはできない。

そう、それが今の私の最後の分別。

だから、だから……絶対に私に疑いがかからない状況でありさえすれば、私はなんのためらいもなく、あの女を殺すでしょう。

神様だって、お許しになる。私はそうかたく信じてるの。殺人が罪悪なら、私たち親子三人を生きながら死んだような目にあわせた、あの女の罪の方が、ずっと深いはずです。なのに神様は、松宮になんの罰もお与えにならない。

それなら私が神様に代わって、罰を与えてやる！

とはいえ、実際問題としてどうしたら松宮を殺せるのか……どうしたら私に疑いがかからないように出来るのか……悔しいけれど、見当がつかない。

礼子は小学生の時分から、熱心に推理小説を読んでいた。江戸川乱歩だの横溝正史だの気味のわるい話ばかりで、女の子がそんなものを読んでどうするのと、度たび叱りつけてやったわ。でも、今になってみると、私も一冊や二冊読んでおけばよかった！

古典ならシェイクスピアも紫式部もひと通り目を走らせたつもりなのに、私の今の悩みを解決してくれるのは、『桜の園』でもなく『枕草子』でもない……まして、テレビの不倫ドラマなんて、見ているうちに不愉快になるだけ！

なんだってテレビの中の女たちは、ああも簡単に男がみつかるのかしら。美女だから美男にありつくのは当然というのなら——私だってまだまだ捨てたものじゃないと、思っています。

ああ、こんなことを書き連《つら》ねる暇があるなら、いっそ六本木にでも出かけて、男に声をかけてもらおうかしら。でももしも……もしも、よ。誰ひとり私に見向きもしなかったら？　まるで透明人間のように、いくら人ごみをすりぬけても、男の反応がまったくなく、ひとりでお茶をすすって、ひとりで地下鉄に乗って、帰ってくることになったらどうしよう。

そんな実りのない冒険より、ありったけの智恵をしぼって、あいつを……松宮律子を殺す算段をこらす方が、はるかに建設的といえそうだわ。

そうよ、私は殺すのよ。神に誓って、松宮を殺す。

それが唯一の方法だわ。私の家庭に平和と安息をもたらす、たった一つの！

殺してやる。

殺してやる。

殺してやる……

娘の独白

ジョーダンじゃありませんよ、母上。

すっごいこと日記に書いてるんだ！

オレ、しばしボーゼンね。

……あ、日記を盗み読みしたのは、そっちが先だよ。ほら去年の二月十四日。私がけんちゃんにさあ、ハートのチョコをあげたじゃん。それからママ、けんちゃんから電話がかかってくる度に、へんによそよそしくなったと思ったら、あの晩の私の日記を読んでたのね！

自分の部屋で電話してたから、大丈夫だなんて思ってると、しっかり盗聴なすってるし、日記もそのあとチョイチョイごらんになってるみたい。えっへ、そちらは忍者よろしく隠れて読んでるつもりだろうけど、どっこい私はページの間に髪の毛をそっと張っておいてあるんよ。誰かが日記にさわればたちまちわかっちゃう……００７の映画を見てない人は知らないかもね。だいたい大人は、特に家庭の主婦は、勉強が足りん。なんて、偉そうなこといってる場合じゃないもんね。

どーすべえ。

今までは、親父の浮気はよくある話、おふくろの焼餅もよく聞く話、子供には子供の生活があるもンねと、知らん顔していられたけどさ……こうなったら、身にかかる火の粉はふりはらわねばならぬ。曲者《くせもの》覚悟！　て台詞《せりふ》が時代劇にあったっけ。

あ、反省する。どーして私たちの世代って、なンもかンも冗談ぽくなるんだろーか。今大人が問題にしているマンガ文字もそーだけど、このやたらカナを使って長音を使って省略してゆーのがはやるのは、なぜなのか。と、胸に手をあてて深く考えるヒトであった。今の大人だって鐘の鳴る丘時代には、バシンだのラクチョーだのこいてたんだから、大差ないと思うけど、誰でも過去はなつかしく、未来は未知の恐怖につつまれてるんだ。しゃーないか。

またレールが外れた……この際、私の小さな胸三尺……違ったかな三寸かな……に、親子四人の一生がかかってるんよね。じっくり考えなくっちゃあ。

あえて五人、とはいわない。松宮律子さんの運命まで、責任持てといわれたって、知るか。私だって女のはしくれ、男である父親をたぶらかした……それがいいすぎなら父親とセックスしたよその女に、同情しようとは思わない。

そんなにママが殺したいなら、さっさと彼女を殺せばいい。ましてママの言葉を借りれば、神様のお許しを得てるんだから。

いっちゃなんだけど、神様っての殺人が好きなンよね。歴史で習ったもん、十字軍。

あれ神様の命令で、集団殺人に出かけたんだ。魔女の火あぶりもそーだし、従軍牧師だの従軍僧なんてのがいるのも変だし。チャップリンじゃないけど、人ひとり殺せば殺人犯、大勢殺せば英雄で、うまくいけば神社の祭神になれちゃう。だからママが神様の許しを得て人を殺すというの、論理的に許せるな、うん。

許せないというか、危なっかしくて見てられないのは、その殺す工夫よ……推理小説ひとつ読んだことのないママが、犯罪を犯して容疑をまぬがれることが出来るなんて、不可能だと思う。誰が見たって、動機があるのはママだけじゃん。

うーん……恐怖のテストよりむつかしい。うまく四人が幸せになる解答なんて、存在するのかしないのかさえ、わからない。

まさかねえ、当のママに相談できないし、俊やパパではなお駄目だし。

……さすがの礼子さんも悩んだ。

そしてその結果、ひらめいた!

妻の独白

気味のわるいほど、夫は静かだ。

「あなた、お食事」

ドアごしに声をかけると、音もなく夫が扉を開ける。その顔は、はっきりと面変《おもが》わりしていた。目蓋《まぶた》の下がくろずんで、頬に影が濃い。鏡もよく見ずに髭を剃っているのか、顎のあたりにまばらにのこっていた。

律子がいなくなってから、二日たつ。彼女のアパートで待っていた夫は、帰りのおそいことが気にかかったが、危篤の老人でも出たのだろうと、夜中まで黙って待ちつづけたそうだ。

あの人は、いつもそうだ……たまに私が外出していると、おとなしく、借りてきた猫のようにじっと私を待ちつづける。うかうかすると夜になっても、明りをつけることさえ気がつかないような男なのだ。まして電気釜のスイッチをいれることなど、思いつきもしないだろう。

釜には夫とあの女の分、米がちゃんと研《と》いではいっていたそうだ。してみると、彼女は帰宅次第いっしょに食事するつもりだったのだ。……それにもかかわらず、女は夜中の十二時になっても、夫の前に姿を現さなかった。

いくら気の長い――というより鈍い夫も、たまりかねて老人ホームに電話をかけたそうだ。そして、驚いた。女――律子はとっくの昔にホームを出ていた。

彼女が勤める市営の老人ホームは、町外れにある。老人が暮らすにはきつい丘の上だが、広くて安い敷地を探そうとすれば、そこしかみつからなかったのだ。ホーム自体は前期の市長が計画し、建設したものだが、次の選挙で保守派の市長にとってかわられると、予算が削減されサービスも低下した。ばらまき福祉を批判して、企業誘致を公約に当選した市長であってみれば、当然のことだろう。

生意気にも律子は、そんな市のやり方に反対して、ホーム内での自分の立場をひどくわるくした。もともと彼女は、人気とり的な行為が多かったようで、老人には受けがいいが、同僚にはこころよく思われていなかったらしい。

そんなこんなで、律子がやる気をなくしていたことは、夫の口吻《こうふん》からも察せられたが、だからといって急に消えてなくなるほど、切羽《せっぱ》つまった事情があったとは思えない。

事故だろうか……あるいは犯罪に関係したことか。

その夜夫は、まんじりともできなかったという。

次の朝になって、ホームへ電話してみたが、彼女からはなんの連絡もなかったという。小心な夫のことだ、身を切られるように心配だったと思うが、愛人が行方不明だからといって、会社を休むわけにゆかず、眠い目をこすりこすり出勤した。

その夜も遅くまで、夫は彼女を待った。

女はやはり帰ってこなかった。冷蔵庫につくってあったおかずは、使いものにならなくなった。

とうとう夫は、私の家にもどってきた。もしかしたら、私がなにか知ってるのかもしれない、そう考えたのだろうが、あいにく私はなにも知らない。それが金曜——昨晩のことだ。

夫の会社は隔週土休だから、今日は出社する必要がない。礼子と俊ばむろん学校がある。ひさしぶりに家で見る父親が、いくらか照れ臭いようで、俊なぞはずけずけと文句をいっていた。

「パパがいると、顔洗うのもトイレに行くのも、ラッシュになるから嫌だなあ」

その言葉に刺激をうけたわけでもなかろうが、顔を洗い終えた夫は、

「食事はあとだ……もう少し寝る」

といって、自分の部屋にはいっていった。

自分の部屋といっても夫婦べつべつの寝室を持つほど、我が家は広くない。三畳強の納戸を書斎代わりにして、ソファベッドを持ちこんでいたのだ。帰宅したからといって、さすがに私の横ですぐ眠るほど、度胸はないのだろう。

私にしても、夫が傍へ寄ってくるとあの女の体臭が、かすかに匂うみたいだったから、彼がひとりで書斎に寝たのを見て、ほっとしたものだ。

それでも少しは腹がすいたとみえる。私の「食事」の声を耳にして、扉をあけたのだから、勝手なものだ。

「………」

私が黙って御飯をよそうと、夫は茶碗をとるより先に、テレビのスイッチをいれた。ニュースが気になるのに違いない。だが、テレビは円高の話をくりかえすばかりで、ひきにげも強殺事件も電波には乗らなかった。

「……………」

夫は黙々として箸を使っている。視線の先には、社会面が広げられた新聞があった。夫の箸が二度、宙を泳いだ。社会面の下にいくつか、小さな事故の記事がのっていた。記事はみじかくても、かかわった者にとっては生死の問題ばかりである。新聞に気をとられた夫は、漬物のつもりで辛子明太子をつまみ、そのまま口にいれた。むろん私に注意してやる親切さはない。夫は目を白黒させながら、その飛び切り辛い明太子をのみこんだ。

笑いをこらえたとたん、おかしなもので、私の心にほんの少し夫への同情が湧いた。

「松宮さん、どうしたのかしらね」

「え……」

私の口から松宮の名が出たことに、夫はひどく違和感を抱いたらしい。しばらく私の顔をみつめてから、溜息をついた。

「まるでわからん」

「松宮さんのお国に電話したの」

「生家は新潟だが、今はそこには姉夫婦しかいない……義理の兄と不仲でここ数年帰っていない」

「じゃあほかに、彼女の行きそうなところは」

「見当もつかん。……かりにそんな場所があったとしても、俺に黙って……」

そこまでいってから、夫はあわてて口をつぐんだ。

そうでしょうとも。松宮律子はあなたを——森山富男《もりやまとみお》を愛しているんですものね。

ふたたび気詰まりな夫の食事がはじまった。私はとうに子供たちといっしょにすませているから、その妻の視線を受け止めながら、味噌汁をすすり、沢庵をかむのは、さぞ消化によくなかったろう。

「………」

夫がだんまりだから、私も真似をさせてもらうことにした。今さら愛想のひとつやふたつ応酬したところで白けるだけのことである。

「………」

湯呑をすする音。

「………」

急須で茶をついでやる音。

およそ無機質なＢＧＭがつづいてから、やがて夫はたまりかねたように口をひらいた。

「……死んでいるような、気がする」

「え？」

私は虚を突かれた。

「死んだ、松宮さんが」

「ように思えてきた」

箸も、湯呑も置かれた。

「なにか、証拠でもあるの」

「そんなものはない。……だが、生きているのなら、なにか連絡があるはずだ。まさか、老人ホームのナースを誘拐して、金をとろうと考える奴もいまいし」

「だって、死んだのなら当然死体がみつかるはずよ」

「死体が、隠されたとしたら？　この町にはそんな場所がいくらもある」

その通りだった。首都圏にある人口六万台の町とはいえ、東京のベッドタウンとしては遠すぎたし、町のたたずまいも土臭かった。市域こそ広いが、市街地といえるのはほんのひと握りで、大部分は畑地である。そこここに武蔵野《むさしの》のなごりの湧き水や、雑木林が広がっていて、死体の隠し場所に不自由はしない。

私は青くなった。ならざるを得なかった。

本当に律子は死んだのだろうか……それも殺されて？

神様！

私は思わず心の中で悲鳴をあげていた。

（私はたしかに、あの女を殺したいと思いました。でも、誓って私は手を出していません……憎しみの気持は先走っても、肝心の殺人の手段を思いつけなかったからです……そのことは、神様、あなたがよくご存じですわね……でも……でも、殺したのが私でないのなら、犯人は誰なんでしょう？）

「交通事故にあったという可能性が、一番高い」

夫は慎重にいった。

「ひいた奴が、死体を隠す。十分、考えられるケースだからな」

「死体になってなくても、人によってはやるでしょうね」

と、私はうなずいた。

「昨日見たテレビのスリラーだけど、大学で法医学を教えている先生が、教え子と関係をむすんだのね。ドライブの途中で、やはり学生のひとりをはねてしまったの……本当はその女の子、まだ息があったんだけど、スキャンダルが表沙汰になっては困るというので、林の中に生きながら埋めてしまうのよ……ずっとたってから、白骨死体が発見されるんだけど、それを鑑定するのが犯人の教授でしょ。でたらめな鑑定結果を出して、完全犯罪になるの……やれやれと思ったとたん、今度は自分が暴走族にはねられて、生きたまま埋められて殺されて、めでたしめでたし」

はじめのうちは、私のおしゃべりを聞いていやな顔をする夫を見るのが、楽しみだった……だがその途中で、私は奇妙なことを思い出した。

そう、あのドラマは礼子も俊も、私の傍で見ていたっけ。

中学の女の子や小学生が、不倫と殺人の物語を、興味津々《しんしん》の顔つきで見ている光景は、決して健康とはいえない。……そんなときにかぎって、私自身が殺人計画をたてようとしていることを忘れて、つい叱りつけてしまうのだが、そのきっかけになった礼子の言葉が、今にして思うとひどく不気味なものだった。

礼子はこんなことを、俊に話していた。

「ね、ああいう工合《ぐあい》に死体がみつかっては、駄目なのよ」

「ふーん。あんなに深く埋めても、みつかるのか」

「そりゃそうよ。地面を掘るなんて重労働ですからね。おまけにあの先生、ハンサムだけど馬力がなさそうね……ひと雨降ったら、すぐ死体の手か足の先が、土の中からはみ出しちゃうわ」

気色のわるい話をしていると思って、私は怒ろうとした……そのタイミングが一瞬ずれて、姉弟の会話がもうひと声ずつ、聞こえた。

「だから、俊。私たちの方がずっとうまくやったでしょ」

「うん、ずっとね」

その言葉の意味を考えることもなく、私は反射的におきまりの台詞――「勉強はどうなったの！」と叫んだので、会話のその後を聞くことはできなかったが……

いったいあの子たちは、「なに」を「ずっとうまくやった」というのかしら？

まさか、ドラマの教授みたいに、殺人を犯したというのでは……まさか……まさか。

心の中で否定しながら、それでも完全に否定しきれないのは、現に私が律子の死を願っていたからだ……万一にも、礼子がその私の願いに気づいていたとしたら？

にわかに黙りこんだ私を、夫が不安げに見やった。

「おい、栄江。元気がないぞ」

「あら、そうお」

つとめてなにげなく答えた私は、顔をあげた――夫の目と、私の目が合った。

その瞬間だった。彼の瞳に明らかなおびえの影が走ったのは！

(夫は、私を疑っている)

それは私の想像ではない。夫は――富男は、私の気性を知っている。まだ礼子が幼稚園に通っていたころだ。私たち夫婦が、礼子の手をひいて商店街へ買物に出かけたとき、とんでもない災難にまきこまれてしまった。

こそ泥が警官に追われて逃げてきて、やにわに礼子を盾にとったのだ。とっさのことで、警官も夫もあっとばかりに立ちすくんでしまった。だが、私の行動はその泥棒以上に早かった。早いもなにも、娘を人質にとられて無我夢中だったのだ……雑貨店の前にならべてあったスコップを取り上げ、力いっぱい男の頭を殴りつけてやった。

男は悲鳴もあげずに、その場に倒れた。

明くる日の新聞には、礼子を抱いている私の写真が、恥ずかしいくらい大きく出たし、テレビ局もいくつか取材にきた。……そんな武勇伝を持っている妻だから、夫は律子をどうかしたのは、私ではないかと疑いはじめたのだろう。

「私じゃない」

小さな声でいってやると、夫は目に見えて狼狽《ろうばい》した。

「な、なんだって。そりゃどういう意味だ」

「隠すことないわ。松宮さんを隠したのは私……そう思っているんでしょう」

「馬鹿なことをいうな！」

夫が居丈高になった。ふだん口だけはやさしい男なので、その豹変ぶりを見れば、図星だったことがすぐにわかる。

「お前がそんなことをするなんて、夢にも思ったことがない」

「嘘おっしゃい」

といいたかったが、それより問題は私の抱いた疑惑だった。たぶん私の顔は青ざめていたと思う。

「ええ、私はそんなことはしなかった。だけど、子供たちが……」

「なに」

富男はぎょっとしたようだ。私への疑いは持っても、礼子や俊について疑惑を持ったことなど、これっぱかりもなかったに違いない。夫は洞穴のように、口をポカンと開け放した。

「おい、お前なにをいってるんだ。子供たちが、律子をどうかしたといったように聞こえたぞ」

「ちょっと」

私は立ち上がった。糸で引かれたみたいに、夫もふらふらと立つ。

「どこへ行くんだ」

「礼子の部屋。……この時間なら、大丈夫。まだ当分学校だわ」

私は子供部屋にはいった。もとはひと部屋だったものを、壁で仕切ってそれぞれ礼子と俊の専用にしたのだから、ひどくせまい。カーテンとベッドカバーの花柄が、女の子の部屋らしく華やかな色合だが、あとは動物やアニメキャラクターのぬいぐるみがいくつか、ちょこなんと座っているだけの、簡素なスペースだ。

「日記がここにはいっているのよ」

私は勝手知った手つきで、カンガルーのぬいぐるみのポケットから、小ぶりなノートをひっぱり出した。肩ごしに見て、夫がとがめるようにいった。

「いくら親にでも、日記を盗み読みされたら、あいつ怒るぞ」

「親なら子供のすべてを知る権利があるわ」

私は、厳然としていった。

「権利というより、当然の親心ね……今の中学生は、ことに女の子は、あなたのような猛烈サラリーマンにはわかりっこないけど、いろんな意味で危機にさらされているのよ。礼子は器量よしだもの、いつ中年の淫行の対象になるか、知れやしない」

いいながら私の指は休みなく、日記のページを繰った。やがて指が一昨日の日付を探しあてた。

ちらとそのページを見ただけで、私は息が止まるかと思った。

まさか、どころの騒ぎではない……礼子は、私が考えも及ばない怪物になっていたのだ！

「おいっ、どうした」

あやうく日記を取り落としそうになった私を、夫が支えた。それまでは、わざと物分りのいい親ぶって、日記に視線をむけようとしなかった富男も、私の惑乱した様子を見ては、目を通さないわけにゆかなくなった。

そして、夫は読んだ。

娘の日記

汝《なんじ》の敵を知れ、という言葉がある。私の家庭の敵は松宮律子だから、まずあの人の様子を探ることにした。老人ホームのロビーへ行くと、ナースのローテーションが掲示されていることを、おじいさんが入所したときに覚えた。

さいわい私のクラスメートに、おばあさんを入所させている男の子がいる。その子は私に頭が上がらない。一度だけだが、私に恋文をくれたこともある。それで、その子がホームへ行くときに、松宮律子の勤務スケジュールを調べてもらうことにした。

もちろん彼女だけリストアップしてもらったのではない。（そんなことをすれば、あとでもし、松宮律子が殺されたとわかったとき、疑いが私にかかるおそれがあるからだ）

無駄と知りながら、全部のナースについて調べてもらった。社会科の自由研究に使う、と言訳もちゃんと用意しておいた。

もちろん彼は、喜んで私の役に立ってくれた。持つべきは友である。

さてそのおかげで、彼女がホームを早い時間にひけて、アパートへ帰るのは（つまり私のパパのもとへ帰るのは）、毎週月・水・木であることがわかった。

木曜日なら私も部活をさぼれば、自由のきく日だ。俊に聞くと、やはり早い時間に学校を出られるという……もっとも殺人を実行するのは、私だ。俊になんか、危なくってやらせられない。それなのに、なぜ彼を同志あつかいするかといえば、そこには私ならではの深い計算があってのことだ。わははは。わかるかね明智くん。

さて、私はスケジュールにしたがって、先々週の木曜日に、老人ホームを訪ねた。私くらいの年配の子供だと、入所している人たちには孫にあたるので、お仲間がいっぱいきていて、まるで目立たない。そんな男の子のひとりとすぐ仲良しになった。瀬戸《せと》くんといって、おじいさんが三年ほどここにはいっている。持っていた土地がなん億円かで（すっごい。あるとこにはあるもんだ！　私、瀬戸くんのお嫁になろうかしら）売れたので、この夏までには隣町に、立派な老人室つきのお屋敷を建てるんだそうだ。

この子と廊下でダベっている間に、ナースが通ったので、

「ね、ね、今の人鹿島《かしま》さんだっけ」

と聞いた。

私より年下で、まだ小学生の瀬戸くんは、いたって無邪気にひっかかった。

「違うよ。あれは三谷《みたに》さん」

「あ、じゃあ庭を歩いてる人が鹿島さんだった?」

「ううん。あの人は松宮さんだよ」

　運よくふたりめで、私は標的を発見した！　パパがないしょにしていたので、どんな女が松宮律子なのか、写真一枚見たことがなかったけれど、実物を見てやや納得する。

「美人だね」

「ウン。うちのおじいちゃんなんて、大のごひいきさ。ぼくもあのタイプ、嫌いじゃないよ」

ヤだね……このごろの小学生の色気づいてること。

でもまあ、ターゲットは判明した。次の木曜もホームに出かけて、彼女の行動を観察することに専念した。汝の敵を大いに知ったわけだ。

その結果、彼女に関するいくつかの知識を、私は得た。……これ、うちのパパだって、知らないと思うよ。

早速私は、その知識を殺人に応用することにした。

決行は、今日。すなわち、ホームへ行くようになってから、三度めの木曜日だ。観察をなおつづければ、いっそうかんぺきに計画を練ることができるけど、もたもたしてると、日記にあったように、いつママが暴発するか知れやしない。善は急げ、という。

殺人が善とはいわないけれど（中には死んだ方が、はるかに世のためになる人もいますがね）、なんつっても我が家の崩壊を未然に防ぐのは、善だ。

で、私は今日自分の手を血で汚す覚悟で、学校からホームへむかった。校門を出るとき、校長が猫撫で声を出したっけ。

「森山くん。最近の成績は抜群だそうだね」

「ええまあ、それほどでもないっす」

汗かいて、逃げてきた。校長だってこの可憐な女生徒が殺人を犯しに行くところとは、夢ゆめ思わなかったに違いない。

時間通り、松宮律子の勤務は終わった。

バスストップに立とうとする彼女の前で、私はくそ丁寧なお辞儀をしてみせた。

「はじめまして。私、森山礼子です。いつも父がお世話になっております」

鳩が豆鉄砲食ったような……という形容を、国語で習ったとき、豆鉄砲なんて見たこともない私には、どういう顔なのか理解できなかったけれど、なあんだ。目が点になることじゃないか。

「つきましてはお話があるんです。ここではなんですから、歩きましょうよ」

さっさと先に立ったが、横目を使うと果たして彼女は、おたつきながらついてくる。

ほら、すぐ先の森にあるのよ、私が選んだ殺人の舞台。

最初の木曜日だった、その森の中で静まり返っている沼をみつけたのは。どんな日照りにも涸《か》れたことがないという湧き水が水源で、見るからに深そうなの。それにしてはひどく厳重な柵……というより国境線みたいな鉄条網がとりまいていて、ろくすっぽ水《すい》面《めん》ものぞけやしない。

ただ一個所、沼に橋がかかっていたから、その手すりごしに沼を見渡すことができたわ。私がぼやっと手すりにもたれていたら、役所のおじさんらしい人がきて、

「あぶない」

っていうのね。

「その橋の手すりはもう古くなってる。修理する予定だが、それまではあぶない」

だって。この森の近くといえば、老人ホームぐらいしか人気《ひとけ》がないし、あそこには広い庭があるので、わざわざ足を運ぶ人もないだろうけど、念のためにといって、「危険ですから、橋を渡らないでください」と書いた立札を、橋の真中に立てていった。どこがそんなにあぶないかというと、

「底なし沼だ」

おじさんがゼスチュアまじりで説明してくれた。まるで、自分が作ったみたいに自慢げに聞こえた。

「今までにもなん人か、溺れているし、飼犬がはまって姿を見せなくなったこともあるんだ」

「あら、だって底がなくっちゃ、水が溜らないでしょ」

といってあげたら、顔をしかめてたわ。

「今どきの子供は、理屈っぽい……もののたとえを知らん」

知ってますよ、それくらい。「ネバー・エンディング・ストーリー」見てるもん。でも私には詳しく聞いておく必要があったのだ。

おじさんは頭のわるい女子中学生のために、きちんと解説してくれた。

「こういう森の中の沼には、枯葉が落ちて底に溜る。それがくり返されると、底が深い泥になって、立とうとしても立つことができん。おまけに一昨年の風で大枝や倒木が、沼にのみこまれた。……だから、どんな泳ぎの達者な人でも、手足の自由を失って二度と浮かび上がれないのさ。わかったかね。わかったら、ここへは来ない方がいいよ」

「はあい。やだやだ、もう帰ろっと」

森の中は薄暗い。その上なるべくおじさんには、顔を見せないようにしていたから、大丈夫とは思うが、これ以上の長居は無用だった。

私は一散に走り帰った。

……そして、今日。あらかじめ森にはいった私は、橋の中央に沼の主みたいな顔で立っている札を抜いておいた。

「ねえ、どこまで行くの」

「すぐそこです」

と、私は前方に見えてきた沼を指さした。

「人気のない場所の方がいいわ。松宮さんだって、そう思うでしょ？　老人ホームの人たちに不倫の話が聞こえたら、いっぺんに株が下がるじゃない」

「あなた……」

松宮さんは、かすれ声を出した。

「私をおどすつもりなの？　まだ中学生のくせに」

「でも、一人前の女ですよ。女だし、あの人……森山富男の娘なの」

私はずんずん橋を渡っていった。

松宮さんは、思った通り歩きにくそうだった。それでも弱みを見せまいとしてか、頑張ってついてきた。

橋の中央で、私たちはにらみ合う形となった。

「いい加減にして」

と、松宮さんがいった。うん、いい調子。彼女だって人に聞かれたくない話だから、決して声を高めようとしない。森は静まり返っていた。沼には魚一匹いないのか、水音ひとつたたない。ごく稀《まれ》に、ずっと空の高い位置から、鳥の声が降ってくる。見上げても、広葉樹の枝と葉に隠れて、晴れているのか曇っているのかさえ、わからないほどだ。

「あなたの言い分はなに？　ママに頼まれてきたの、お父さんを返してほしいって。

……でも、それを私にいうのはお門違いだわ。あなたのパパは、自由意志で私の部屋にいるんだもの。あなたのママの傍にいるより、ずっと居心地がいいんだって！　帰ってほしいのなら、パパにじかにお頼みなさい。ウンというかどうかは責任持てないけど」

私は黙って、松宮さんの話を聞いていた。聞いているうちに、ほっとした……ああ、よかった。こんなことという女なら、今さら良心と相談しなくたって、殺せるな。そう思ったからだ。

「なによ」

松宮（もうサンをつけるの、よした！）は、私の笑顔をどう解釈したのだろう。

「なにがおかしいのよ。いいたいことがあるんなら、さっさといってよ。早く帰ってあげないと、あなたのパパがおなかすかしてるもの。いいなさいよ！」

声が高まった。でも私は、自分でびっくりするくらい、冷静だった。

「べつに」

「え……？」

「べつにいいたいことなんて、ない。ただ、こうしたいだけ」

笑顔のまま近づいた私は、松宮の腰をどんと蹴った。私のしたことは、それだけだったが、キックの効果は凄いものだった。悲鳴さえあげられずに、女は手すりをへし折って、沼に落ちた。

もちろん手すりはあらかじめ、折れやすいように、私が細工しておいたのだ。どうせ役所の人が修理するつもりなんだし、危険の立札を立てておけば、これ以上の犠牲者は出さずにすむだろう。不必要な死体を生産するのは、推理小説でも現実の事件でも決して褒められたことではないと思う。

私は沼をのぞいた。

彼女が徹底的な金槌で、ホームあげての海水浴にも怖《お》じ気《け》をふるって参加しなかったことを、瀬戸くんに聞かされている。果たして松宮は、潜水服でも身につけていたのかと、感心したくなるくらいのスピードで、水中に姿を消した。

沼はどんよりと濁り、私以外の人間が存在していた形跡は、完全に消滅した。

それでも私は、しばらくの間注意深く水面をみつめていた。……思った通り、松宮のはいていたハイヒールが、ポッカリと浮かんできた。もう片方も浮いてくるかなと思ったが、あとは泥にもぐったとみえ、それでおしまいだった。バッグを下げていたが、ブランド品だったせいか、後生大事に腕にからめていたから、死体と運命をともにすることは間違いないだろう。

私は注意深く、ハイヒールに石をつめて沈めなおし、それから上着の袖に手をくるませて、指紋がつかないように用心しながら、手すりをもとの形にもどした。松宮の勢いがよすぎて、手すりが一部でも沼へ落ちたらまずいと思ったが、うまい具合に、大きく傾いただけですんだ。きっと神様が守ってくだすったのだろう……孝行娘の私を。

守ってくれたといえば、松宮の職業病に気づくことができたのも、幸運だった。あの女は、まだ若いのにギックリ腰だったのだ。寝たきりの老人の介護は、想像していたよりはるかに重労働である。力の萎えた老人は、彫像のように全身をナースに預ける。だから、ホームの看護婦さんが、ギックリ腰になるのは職業病といえた。

ぼんやり者のパパは知らなかったろうし、彼女だって恋する男の前では恰好つけたいはずだから、腰の痛みを話さなかったと思う。

でも私は、偶然先週の木曜日に、松宮が柱につかまって苦しんでいる姿を目撃した。通りかかったのが、例の瀬戸くんのおじいさんだ。

「またひどくなったのかい。大変だね」

「ええ……仕事をしながらなので……よくなるまで、半月はかかりますわ」

笑顔になりながらも苦痛に堪えている姿が、よくわかった。人の弱みにつけこむようだが、それを見て私は確信したのだ……

（私にだって、殺せる！）

と。

人目を避けて森の外へ出ると、約束通り俊が迎えにきていた。

「よう」

「オス」

「うまくいったの？」

「バッチシ」

会話はそれだけだ。旧人類には理解不能でも、私たちにはわかる……俊は、ほっとしたような、かなしいような、形容しにくい表情になった。

「ほんとならさあ、男の俺がやることだもんね。ごめんね」

「いいんだ、俊は」

私は、殊勝なことをいう弟の肩に、手を置いていった。

「その代わり、いざとなったら……」

「わーってる」

ポンと胸をたたいてみせた。

「姉貴とあいつが争ってた、ほいでもって、俺が手を出したら」

「そ。松宮は勝手に足を滑らせた」

私たちは、森を背にして堤へのぼった。その向うにあっけらかんと広い河原がつづいている。どっかの親子が、チンケな犬を運動させていた。森の中では灰色に見えた空が、ここまでくると、決定的といいたいくらいの日本晴れであることがわかった。

これがテレビの「水戸黄門」なら、悪人を退治してカンラカンラと笑うところだが、私は西村晃さんじゃないから、ただ微笑するだけだった。

「……万一、俊の過剰防衛とされたって、絶対安心。私じゃ年いってるから危ないけど、俊なら全マスコミが応援してくれる。決死の少年が悪女を退治したって」

「そうなったら、俺テレビに出るかなあ」

「出る、出る」

そう、私があえて弟に殺人計画を打ち明けたのは、この犯行がバレたときの保険なのだ。日本の大人は、ことに世の中で偉ぶってるオジンオバン――カラオケで演歌を歌う人種は、健気《けなげ》な子供が大好物だから、俊のアップ一発で感動の電話が殺到して、NTTが悲鳴をあげること火を見るより間違いなし（と、こういうときに使うんだろうな、この成句）！

「だけどさ」

と私は弟の頭を撫でながらいった。

「事件がわかってテレビに出るよか、あのまま死体がみつからずにすむ方が、ずっといいんだからね。親に心配かけずにすむんだからね」

「うん」

「それからさ」

私はちょっとばかり真剣になってみせた。

「あんた、いじめっ子の仲間になるんじゃないよ」

「え……」

俊の奴、びっくりして私を見た。へへん、誰知るまいと思いきや、私はママの日記をしっかり読んでるんだ。

「俺そんなつもりなんて、ないよ……ただふざけてるだけだよ」

「と、いじめっ子はいった」

私は意地悪くいってやった。

「新聞にもテレビにも、きっとそう書きたてられるんだ。いじめられてる方だって、にやにやしてるかもしれない。でも、それが虚勢だってこと、あんたにだってわかってるはずだよ。……あんた親父が帰ってくるたび、なんという」

「え？　そんなの、おぼえてないや」

「トイレが込むから迷惑だって……本当はさ、嬉《うれ》しいくせにさ。いじめられてる子がね、笑ってるのはさ、本当は悲しいんだよ。それくらいのことわからなかったら、マンガもろくに読めないぞ」

「うん……」

俊はしょぼんとした。いいんだ、いいんだ。あんたが本気でいじめを面白がってるんじゃないくらい、お姉ちゃんは見通しよ。だからといって、

「弱い者いじめは、絶対許せない。どうしてもいじめたかったら、強い者いじめな……姉ちゃんが、松宮殺したみたいに！」

「わかったよ」

俊と私は、空を見上げた。雲がひとつ、ぽっかりと漂っている。その雲に、飛びつこうとでもするかのように、鳥が数羽ツイと舞い上がっていった。

……あ、調子に乗ってずいぶん書いたなあ。これじゃ日記ひと月分のページがなくなってしまう。眠い眠い。大仕事もすませたことだしね。といいつつ森山礼子は、ベッドの中にもぐりこんだのでした。マル。

妻の独白

読みおわった私と夫は、しばらく立ちすくんでいた。

「こんなことが……」

「馬鹿げてる……」

やっとの思いで、私たちは声をしぼった。

「嘘だ。フィクションだ。礼子は小説家志望じゃないか！　これくらいの話なら、でっち上げるさ」

夫はそう断定した。もちろん私だっておなじ意見だ……しかし。

「でも、それなら松宮さんは、どこへ行ったというの？」

「う」

たちまち夫は絶句した。そうだ、夫の愛人が消えた、その事実は依然として動かない。

「……そういえば、礼子は、お前の日記を見てどうこうと書いていたな」

「……………」

夫が、痛いところを思い出した。

「お前はなんと日記に書いていたんだ？」

返答のしようもなかった。

「答える必要はないさ。お前だって、律子を殺したかったのだろう？　行動に移すことはなくても、日記の上では何度殺して、斬り刻んだか、わからないんだろう？」

「ええ、殺したわ」

私の声はひくかった……夫の握った拳が、びくりと震えたようだった。

「あるときはナイフで、あるときは庖丁で、あるときは青酸カリで、あるときは川に突き落とした、あるときは……」

「もうやめろ」

夫の声もひくかった。まるで地獄の底から這《は》い上がってきたように、疲れて惨めったらしくて、とても悲しそうだった。

「もう……やめてくれ……万一にもこの日記の内容が事実だったとしたら……子供たちの罪の原因は、俺にある……」

「私にも……ある……わ」

こんなことで、夫と共犯関係をむすぶことになろうとは、夢にも思っていなかったが、私は心からそう考え、そう応じた。

「日記の真実を知る必要は、ない……よな」

「ええ」

知って、それがもし事実であったなら！　夫も私も罪の重さに堪えられまい。それが怖さに逃げたのだ、私たちは。その点でもふたりは共犯者であった。

「日記を返しておけ」

「はい」

私はぬいぐるみのポケットに、ノートを差し入れた。礼子のものらしい髪の毛が、カンガルーの足下にはらりと落ちた。

部屋を出ながら、夫は聞こえるか聞こえないかぐらいの声で、私にささやいた。

「なにも知らないふりをするんだ……このまま、静かに、平和に暮らそう。それでいいじゃないか。松宮くんには、身寄りらしい者もいない。義理の兄夫婦が捜索願いを出すことも考えられないしな」

「でも、もし松宮さんが現れたら？」

私の質問を、夫は顔をしかめてはぐらかした。

「礼子がああ書いてるんだ。死体は浮き上がってきやしないさ」

「そういうことじゃないの。もしも彼女が、生きてあなたの前に現れたら、どうなさるのよ」

「ああ……」

それは富男の考えのほかであったらしい。彼はみじかい間言葉を選んでいた——が、やがて、答えた。

「心配するな。俺はもう彼女のところへもどらない。礼子や俊を本物の人殺しにさせるわけに、ゆかんじゃないか」

私なら、殺人犯になってもいいというの？

聞き返したかったが、時間がなかった。

「タライマーッ」

世にも朗らかなボーイソプラノをひびかせて、我が家の王子さまが、ご帰還になったのだ。と思うと、つづけざまにお姫さまの声。

「ただいま帰りました！　おんや、ま。パパまだいたの？」

バラ色の頬を輝かせた俊の後ろから、これはもうめっきり大人びた表情の礼子が、顔を見せる。パパはちょっぴり照れ臭そうに、だが一家の主の威厳をもって、子供たちに答えた。

「あたり前だ。ここは俺の家じゃないか」

娘の独白

やったネ！

親父とおふくろが、私の日記を熟読したことは、髪の毛に聞かなくってもよくわかった……その結果、どんな話し合いになったのか、夫婦の機微《きび》まではわかりっこないけど、（私の体験はまだBどまり、ほんのねんねえなんですのよ）――終わりよければすべて良し、というのもいつか国語で習ったかな。

でも、頼むから松宮さん。このまま当分姿を隠していてほしい！

いやー、それにしてもはじめて彼女と対決したときの緊張感、ちょっとしたもんだったわ。

「あなたが、礼子さん……お名前はかねがね」

ピョコンとお辞儀されて、私も少しまごついたんよ。予定としては、もう少し憎々しい口をきくと思っていたから。

えへっ、でも私には切札があった。瀬戸くんからもらったマル秘情報。

「私こそ……松宮さん、おめでとうございます」

「え、おめでとうって？」

「だって、瀬戸さんのおじいさんに、プロポーズされてるんでしょう、松宮さん」

とたんに彼女、大いに取り乱しちゃいました！

「ど、どうして、どうしてそんなことというのよっ！」

「では質問しまーす」

私は教室の中みたいに挙手してみせた。

「松宮さんは、パパを愛しているんですか。かりに、パパが会社をくびになって、お金が全然なくなっても、愛しますか。少しぐらい年寄でも、ううん、年寄であればあるほど、早く死ぬから遺産がころがりこむ、そんなおじいさんが、本気で結婚を申し込んだら、あなたは愛する気になりませんか。……断っとくけど、うちのママは松宮さんがいるかぎり、たとえ東海大地震が起きたって、離婚しないといってるわ」

「……」

「うちのパパってねえ、子供の私がいうのもなんだけど、これ以上出世する見込はないと思うんだ。そんな男の愛人になって、一生を棒にふるなんて、実りないと思うんだなあ……それも、私たちみたいに可愛い子供に恨まれて……立つ瀬ないと思うんだけど、どうかしら」

「………」

「あ、でも松宮さんの気持、わかります。今ここでパパと別れたら、誰が見たって瀬戸さんの金になびいた、そうとしかとらないでしょうね。だったら、冷却期間をおけばいいんだ」

「冷却期間？」

つい、松宮律子も話に乗ってきた。ほうら……けっきょくそうくると思ったわ。

「ええ。誰にもいわずに姿を隠すの。そいで以《もっ》て、まだパパが松宮さんのことを思いつづけて、一歩もあなたの部屋から動かなければべつ。さもなかったら、松宮さん瀬戸のおじいさんとこへ行った方がずっと幸せになると思うんだ……なんたって正式の花嫁さんになれるんよ！　それも飛び切りお金持の！」

私は、ひとまず矛《ほこ》をおさめて、彼女に与えた効果をたしかめた……間違いなし。松宮律子は動揺している。考えてみれば当然だった……私が彼女の立場でもそうよ。パパが特別ハンサムというんならともかく……ううん、それだって二十年もたってみれば、頭は禿《は》げるし口許《くちもと》はふがふがだし。でもン億円の財産なら、二十年もたてば、利が利を生んでン十億になるかもしれない。

私はにこにこ笑ってあげた。

いいのよ、パパを捨ててくれて。あなたやパパのプライドはしばらくの間傷つくでしょうけど、だからといって、プライドが担保になりますか。プライドで預金を引き出せますか。

えへっ、中学生のくせに金の話をよく知ってる……そう思う人は認識が浅い！　子供の世界は大人の鏡。大人の世界でマネービルがはやるなら、子供たちだってせっせとやってるわ。金さえあれば、ファミコンもCDも買える。そうなれば、誰も馬鹿にしない、いじめない。だから小遣いためて株を買う子供だって、出てきます。それをどうこういう資格、少なくとも一流企業のサラリーマンにはないと思うな。会社なんて、どーせそーやって大きくなったんじゃありませんか。そのうち豊田商事の誰だかみたいに、殺される中学生が出たってふしぎはない。

子供にもわかる理屈だから、さすがに松宮律子もじきわかった。

開き直って彼女はいった。

「私、しばらく姿を隠す……でも、瀬戸さんにだけは連絡をとるわ。あの人は、家を隣の町に新築するって。それなら、そこで新婚生活にはいっても……」

「うん、パパにみつかる心配ないね」

私は請け合ってあげた。

「でも、ときどきは、私が遊びに行くかもしれない……だって瀬戸くん、ソフトを沢山持ってるから。私だってたまには上流階級とつきあいたいもん」

彼女がにっと白い歯を見せた。

「とかなんとかいって、私があなたのパパとよりを戻さないように、監視するつもりでしょう」

「そうかもね……もしそんなことになったら、私すぐ瀬戸のおじいちゃんにいいつける。するとあなたは、一円だってもらえずに、瀬戸家をほうり出されるんだ」

「そんなことにならないよう、ホームで鍛えた介護のテクニックを駆使してみせるわ」

私たちは、どちらからともなく手をさし出した。半分お義理で、でものこる半分は（同志よ！）てな気分で、握手しあった。

……という真相を、パパやママが知るのはいつになるだろう。ひょっとしたらふたりとも、死ぬまで私を犯罪者と思い悩んでゆくのかも。いいんだ、いいんだ。人間それくらいの緊張感があった方が、長生きするって！

ある風景

あなたがそこに見るのは、年老いてはいるが背筋をピンとのばした白髪の男——但し車椅子に乗っている——と、その椅子を押す孫娘のように若い女だ。

だがむろん、あなたは知っている。老人はつい最近まで、隣町の老人ホームで壁にとりつけられた手すりを、よたよた伝って歩いていたことを。

また孫にさえ見える女性が、老人のもらったばかりの花嫁だということを。

「あなた……お寒くありません？」

彼女がやさしくのぞきこむ。もと看護婦の経歴のおかげで、老人に嫁いで十年はたっているような錯覚をおこさせる。

「ありがとう。なに平気だよ。わしはまだまだ若いから」

老人は微笑して答え、若い嫁もほのかに笑う。

早すぎもせず、遅すぎもしない、ほどよい速度で車椅子が前進する。

あなたは遠ざかる夫婦の後ろ姿を見て、つぶやくに違いない。

（幸せそう……街でいちばんの幸福な家族！）

島でいちばんの鳴き砂の浜

足跡ひとつない砂浜に足を踏み入れることが、何か神域を侵すことのようにも思え、おそるおそる歩いてみる。ク、ク、ク、……確実に一歩一歩が鳴く。この美しい浜辺は、悲しみに沈んだ心を癒し、疲れた魂をはげましてくれるにちがいない。どんなに科学が進んでも、人間には人間の知恵ではなおせない部分が残る。白砂を極限まで洗い浄めるこの浜辺は、人の心の垢も洗う貴重な役割を果たしてくれているのだ。（三輪茂雄著『鳴き砂幻想』ダイヤモンド社より）

1　波のささやき

俺のこうして、日がな一日寄せては返している姿が、人の目にはあるいは退屈とうつるかもしれない。それとも人は、はるか沖合から水の高まりがどんどん、どんどん押し寄せてきて、陸地にぶつかったところで弾《はじ》きかえされる——それが波だとでも、考えているのだろうか。

そんなことはない。俺たちは風にあおられて、あるときは高くなり、あるときは低くなる。その動きが次々と風下に伝わってゆくだけなのだ。だから、いくら俺が力をこめても、ある高さから上には届かないし、大洋の中心に水がなくなって、底を見せてしまうこともない。

俺の形は、その日の風向きによっていちじるしく違う。刃物のように研《と》ぎすまされた波頭をきらめかせ、浜辺めがけて突進する夜もあれば、あるかないかの漣《さざなみ》が、砂浜の小さなカニと戯れる朝もある。ときには轟《とどろ》く風波と化して、岩を砕かんばかりの勢いで、怒りの拳をふりかざすときもあった。

そのどれもが俺なのだ……おなじ波の、種々相なのだ。

くりかえしくりかえし、俺は俺の前にひろがる島に打ち寄せていた。俺にとっては昨日のように近い過去でも、人から思えば気が遠くなるような昔、島はまだごつごつした岩礁に鎧《よろ》われていた。

岩どもは、永遠におのが姿は変わらないと、高《たか》をくっていたことだろう。だが、俺は倦《う》むことなく、岩どもにぶちあたった。おなじ岩にも本当に固い奴と、見かけ倒しの奴とがある。

俺の相手は、そのもろい方だった。わずか一万年の単位で岩礁は姿を消し、低い磯《いそ》のつづく海辺となった。それでも俺は手をゆるめない。風が吹くたび俺は飽きずに、磯の凹凸を洗った。……磯はやがて抵抗をやめ、細かな石のつらなりとなった。

そして今。かつての大岩礁は、弓型にひろがる白い砂浜に形を変えていた。

夏といわず、春も秋も、どうかすると風が肌を刺す冬ですら、人の子供は好んで俺を遊び場にした。手拭《てぬぐい》をひろげて小魚をすくい、砂の山を築いてトンネルをうがち、あげくはお互いの全身を砂に埋めてはしゃぐ。

俺の手が砂に埋もれた彼や彼女の顔を撫でると、歓声とも悲鳴ともつかない声をあげる……子供たちのその声に変わりはないが、服装は変わっていった。粗末な布を糸でかがった衣裳《いしょう》、ぼうぼうの髪を藁《わら》でまとめていた子供らが、今では鮮やかな色彩に溢《あふ》れて、砂浜を乱舞する。

もとより俺に、子供であれ大人であれ、彼らにかかわる意志はない。人が貧しくあろうと富んでいようと、俺にはどうでもいいことだが、いつの時代も人間同士の話題が、それにはじまりそれに終わるおかげで、ぼつぼつ俺も金とやらいうものの意味を、のみこむようになった。

金——それがなくては、人は生きることが叶《かな》わぬそうな。漁を生業《なりわい》としていた人間どもは、海が汚れ魚がとれなくなると、船を捨てた。都会に間近なこの島には、温泉が湧《わ》く。それを目当てに、人が集まることを知って、漁師は民宿のあるじに衣替えした。

彼らにとって幸いであったのは、島に客を呼ぶ名物があったことだ。

そんな客のだれかだろう、見慣れない服装の若い男女が、浜を歩くことがある。多くは春か秋、それも朝夕の人気《ひとけ》がない時間にかぎられていた。

きゅっ、きゅっ。

浜が鳴く。

「わあ、すてき」

ほとんどの場合に、女がまず歓声をあげる。

「本当にこの浜の砂、音がするわ」

「鳴き砂というんだ」

得たりと男が、解説する。

「砂と砂がこすれあって、音をたてるのさ……きれいな海のきれいな砂でなくっては、こんなふうに鳴らないよ」

「ロマンチックだわ」

うっとりした女は、男に体をあずける。むろんそれは、男の予定した行動だったに違いない。

だが俺は知っている。本当に砂がきれいなら、キュッキュッという悲しげな音の代わりに、ポコポコと太鼓に似た音を発するのだ。鳴き砂の鳴き声は、汚れてゆく浜が最後の救いを求めてすすり泣いているのではあるまいか。

音は次第にかすかになり、耳をすましても聞こえないときがあるようになった。それでも人間は性懲《しょうこ》りなく鳴き砂の島と、宣伝をつづけているとみえ、たまにやってきた客たちが嘆く。

「ちっとも鳴かんじゃないか」

「お天気の都合ですかねえ」

天気のせいではない。汚れきった砂は、もはや音をたてることがない、それだけだ。人の目にはつかなくても、人と呼ぶ種の生まれる以前から──島がまだ地続きで尾根の一部が海に浮かんでいたころから、俺はここを見、知っている。あのころを思えば海の汚れは、呆《あき》れるほどだ。

いうまでもなく、人には人の理屈があろう。ネズミにはネズミの、カラスにはカラスの理屈があるのだから。生き物が糞《ふん》を排出するように、人の暮らしも排泄物《はいせつぶつ》にまみれるらしい。宏大《こうだい》な海は、人にとってこよなきタン壺《つぼ》であったのだ。

より多く生きるために、より多く糞をする。それが生き物のさだめなら、人よ……勝手にするがいい。

とまれ俺に、彼らの盛衰はなにほどの関心もない。地球の主人顔をしてのさばっていた動物たちが、下僕《げぼく》のはずの地球の、わずかな異変を受け止めかねて、もろくも滅んでいった例を、数かぎりなく見ているからだ。

人も動物である以上、その定めから逃れることはできない。一年のちか、一万年のちかはわからないが、いつか必ず滅びるときがくる。

そして最後の人間が、屍《しかばね》をさらすその瞬間にも、俺は今とおなじように、寄せては返し寄せては返しているに違いない。

2　家のつぶやき

ぎっし、ぎっし、軒《のき》がゆれる。

ぎっし、ぎっし、屋根がきしむ。

「ほうら、母さん」

息子がぼやく。

「だからさあ、いったじゃないの……ひと荒れきたら、この家潰《つぶ》れるよ」

ふむ、なにを大袈裟《おおげさ》な。これしきの風で屋台を潰すようなわしなら、この百年にうけあい五度は潰れておろうさ。

それでも息子は不安げに、天井を仰ぐ。

「へへえ。こんなにうちの天井って、高かったかな」

東京の大学にいる息子に、島のなまりのかけらもない。

頑丈であっても、存分に古びたわしの姿から察することができようが、鶴島《つるしま》の家はみな貧しい。ここの親子は、島の名を苗字にいただくほどで、島でも旧家のはずじゃった。それ故に、背伸びしてでも息子の通夫《みちお》を大学にやったのだ。

いいや、決して見栄のためではないぞ。父親の捷吉《しょうきち》と母親のまさ乃《の》の顔に、めっきりしわが深まったころ、東京の通夫から、手紙が届いた。

「卒業したら、こちらで職を探す」

という文面での。あわてた両親が、むりやり息子を呼び寄せた。約束の日に一週間おくれて帰った通夫は、はなから仏頂面《ぶっちょうづら》じゃ。

「だいたい無理なんだよ……親父は漁師上がりでお世辞のひとつもいえないし、おふくろはろくに都会で飯を食ったこともない。そんなんで、民宿がつづけられるもんか。客はみんな東京の若い連中だぜ」

「だからお前に、東京の水を飲ませてやったんだ」

もと漁師にふさわしい赤胴色の肌を光らせて、父の捷吉は吐き出すようにいうた。

「鶴島の家がここを見捨てるようでは、ほかに三軒のこった民宿も、総崩れだ」

「仕方ないいんじゃない？」

と、通夫はあっさりといいおる。

「この島にも、いよいよ東京資本が進出してきたんだろう？　あと半月でオープンというじゃないか。山の上のいっちばん見晴らしがいいとこだもんな。十階建で、展望風呂つきで、ディスコやサウナもあるんだってね……おまけに山ん中にエレベーター通して、例の鳴き砂の浜、あそこをひとり占めするんだって！　いわゆるプライベート・ビーチって奴だ。これは受けるよ、絶対に」

「お父さんたち、一所懸命反対したんだよ」

まさ乃が目をしょぼつかせて、わが子の顔をのぞきこむ。

「だけど、役場の人に押し切られてね……島の発展のためだって」

「漁業権の補償のときも、そうだった」

捷吉が無念げにつぶやく。

「そのときは、大金をもらったような気がしたが、いざ転職にふみきると、わしらみな陸《おか》にあがったカッパじゃ……それがわかったときは、もう海は死んどった」

「そりゃあ、そういうことにかけては、企業の人は凄腕《すごうで》ばかりさ。だから戦後の日本が、奇蹟的な発展をとげたんじゃないか」

笑い飛ばした通夫は、さらに頭の古い親たちに説明をくわえてやった。

「唐木東介《からきとうすけ》という社長は、近代的な経営者で名が通ってる。島の連中が束になっても勝てる相手じゃないのは確かさ。とにかく、俺はこの家を継ぐつもりは、毛頭ないからね……もちろん会社につとめれば、それ相応の仕送りはするから安心してよ」

話はこれで打ち切り、といわんばかりに大欠伸《おおあくび》してみせた息子は、立ち上がりながらいった。

「……その代わり、親父たち、東京へきたかったら、いつでも出ておいで。親父のその元気なら勤め口はあると思うし、俺せいぜい気立てのいい子、嫁さんに探すからね。おふくろなら、上出来のお姑さんになれるよ、きっと」

ぎいぎいと鳴る廊下へ出た息子は、窓から島の背骨にあたる山を見上げて、ちょっと驚いたようじゃった。

「あんなところに、灯が見える。ホテルにしては場所が違うな」

捷吉がぶすっとしたきりなので、まさ乃が代わって答えた。

「ありゃ三角点のテントじゃ」

「へえ……するとまた、測量士が泊まりこんでるのか。ご苦労さんだなあ」

通夫が肩をすくめると、そのテレビ映画じみた動作が、案外板について見えた。

昼間になると、わしにもよう見える……山の上の、城郭にも似た白壁のビルが。そうか、あれが唐木という男の建てたホテルか。

あれがわしの商売相手じゃと。比べるだけ滑稽な気がしてきおった。やれやれ、してみると、わしの命ももう長《なご》うはないようじゃて。

3　テントのおしゃべり

三角点のテント——といわれても、なんのことかわからない人が、大部分だろうと思うのです。

えー、そこで少し講義をします。三角だろうが四角だろうが、今夜の飯に関係なけりゃあほっといてくれ。そうおっしゃる方は、どうぞ飛ばして先へお進みください。

明治十五年ごろ内務省地理局が大三角測量を実施して、原三角点として米山や雲取山に、石標を設置したのがはじめらしいです。もちろん、正確な地図をつくるためです。

地図をつくる第一歩は、その場所が地球上のどの位置にあるかを、知らねばなりませんよね。そこで明治二十一年の全国五万分の一の地図作成にあたっては、当時麻布にあった東京天文台の経度・緯度を厳密に測定して、ここから鹿野山《かのうざん》に設けられた三角点へ、さらに相模原へ——と、三角測量をつづけていったそうです。

つまり家でいえば柱のようなもの。ただしこの柱は目に見えませんが、いたるところに三角点があり、その点と点をむすんだ測量のための網が、全国にかぶせられているんです。原点からはなれるにつれ、どうしても誤差が生じます。これを専門家は「ねじれ」といってますが、そのねじれを補正するために、常に測量がつづけられています。

ぼくんところで寝泊まりしている測量士さんからの聞きかじりですが、東京麻布の原点は、北緯35度44分17・5148秒、東経139度44分40・5020秒だそうですから、小数点以下四桁の精度！

で、その三角点のひとつが、ここ鶴島の山頂にもあるというわけ。

……もっとも、この間からぼくんとこへ測量士さんが詰めているのは、その種の三角測量とは少々ちがいます。もっとはるかにスケールの大きい作業なんでして、ジオイドの決定を目的に、山籠《やまごも》りしているようです。

ジオイドがなにかっていわれても、門前の小僧ならぬテントが、うまく説明できるはずはありませんが、なんでも海水面をもとにして、地球の形を求めたもんですってさ。海にだってよく見るとでこぼこがあるらしいですね。そいつを測量するのに、なんと星を観測するんだとか。

今朝のことですが、ジョギングにきた初老の男の人が、ふしぎそうに測量の話を聞いていました。――え、山のてっぺんだというのにジョギングはおかしいというんですか。だって小さな島の、小さな山なんですよ。山というより林におおわれた丘のつらなりで、しかもその男性は、ここからも見える鉄筋十階建のホテルのオーナーでした。

唐木東介といいましたかね。トレーニングウェアに身をかためていても、いかにもビジネスマンらしい風貌の紳士でした。

その人が顔を見せるのは、これでもう三日になります。たまたまおなじ時間に、調理台に測量士でも古顔の三隈《みくま》という男がいました。ええ、本体のぼくとはべつに、調理台が外に設けてありましてね、三人の測量士が交替で食事をこしらえているんです。

三日めともなると顔馴染みになっていますから、お互いに挨拶をかわし、唐木氏は水を一杯所望《しょもう》しました。

そんなことがきっかけで、話がほぐれていったんですね。

唐木氏、というより唐木興業の社長は、測量士の仕事の内容を聞いて、感心したようです。

「すると、つまり……あなた方は毎晩星を観測してるんですか……そのジオイドとやらいうものを割出すために」

「まあ、そうですな」

ふたりはどちらも五十あまり、ほぼ同年配と見てよさそうです。三隈はこともなげにいいました。

「アストロラーベという機械を使いましてね。一回に全方向均一に、二十から二十四の星を観測します。ひとつの星を観測するのは、五分ほどですか……ひと通り終えるのに、だいたい二時間。これを、暗くなってからすぐ、はじめるわけですね。明け方までに……さあ、四回もできればいい方です」

人恋しくなっているのでしょう、無口な男が多い技術者としては、三隈はおしゃべりな部類でした。

「しかし、雲が出たらどうなります」

「あ、もちろん駄目です。観測中に雲やもやがかかったら、それまでの観測結果はすべてご破算ですよ」

「ははあ」

社長がうなりました。感心というより、呆れたみたいでもあります。

「すると、あなたたちは年にどれくらいの期間、テント暮らしをなさるんですか」

「二百日くらいですかな」

「むろん、おなじ場所ではなく……？」

「そうですよ。北海道に行くこともあれば、四国の山の上にむかうこともあります」

「ふーむ」

溜息をつき、それから唐木は苦笑しました。

「人生は旅、ですか」

「人生は仮寝の宿、ですな」

庖丁を手にした三隈は、空を仰ぎました。

「毎夜毎夜、星をながめて計算をつづけてごらんなさい……ああ、あの星の光は今自分の目に届いているが、実は五万年昔に発したものだ……そのころの地球では、まだやっと人類らしいもの……クロマニヨン人やグリマルディ人が出現したばかりだ。そんなふうに考えていると、人の一生なんてタンポポの綿毛が飛んでゆくようなものですよ。ははは……申し訳ありません。ジョギングのお邪魔をしたようですな」

「いやいや、こちらこそ。おもしろいお話を、どうも」

社長はかるく頭を下げて、またとっとと走り去ってゆきます。

その後ろ姿を見送った三隈は、徹夜の観測で疲れきっている仲間のために、慣れた手つきでまな板を鳴らしはじめたのです。

なぜ彼が、それまで口をきいたこともない唐木社長に、厭世的《えんせいてき》なことを口走ったかといえば、昨年末に下の息子を交通事故で失ったからでしょう……めったに愚痴をこぼしたことのない三隈が、若い仲間ふたりを相手に、息子の名をくりかえすところを、ぼくはなん度か目撃していますから。

鍋が煮たちました。味噌汁をつくるつもりか火加減をのぞいた三隈が、やがて体を起こすと——その視線の先に、ホテルの全景がありました。

鶴島に君臨するかのような、白亜の建築。

「あと、二週間ではじまるか……一番忙しいころだろうに、ジョギングとは優雅だな、唐木さんも」

……だが、実際には、ホテルは予定の時期にオープンすることができませんでした。意外な事件が起きて、唐木はその容疑者になったのです。

……いや、話の先をいそぐのはよしましょう。事件が表沙汰《おもてざた》になるまでに、まだいくつかおしゃべりしておきたいことが、ありますんでね。

そのひとつは、小さな山ですが海に囲まれているために、とかくガスがかかりやすいこと。もっとも視界が閉されたところで、子供のころから島に住んでいた者なら、迷うことはありません。林の樹形、森の種類、ほの見える岩の形などから、自分が今いる位置を的確に判断できましたから。

三隈をはじめとする測量士たちは、むろんこの島の住人ではありませんが、日本中を歩き回っているだけに、島の人同様、どんなに霧が深くても平気で、里まで買物に下りたりしました。

ところでこの三角点に張られているテントは、ぼくひとつじゃありません。倉庫代わり、測量室代わり、寝室代わりと、あわせて四つのテントが、あるものはすぐ傍に、あるものは少しはなれて立てられていましたから、ガスに閉じ込められた都会者では、テントからテントに移動することさえ、容易ではないでしょう。

いくら迷っても今は初夏、足さえ踏み外さなければ、遭難の恐れはありませんが、ブリザード吹きすさぶ厳冬の北海道なぞでは、母屋からわずか十メートルはなれただけで、帰路を失って凍死する場合があるといいます。

ぼくの近くで迷った娘も、あるいはそんな話を聞いていたのかもしれません……怪我をしたわけでもないのにすすり泣きして、森の中から歩み出てきました。

ガス越しにぼくの姿を発見した彼女は、とたんにぱっと笑顔になり、歓声をあげて飛んできました……だが、あいにくそのときにかぎって、三隈は別のテントに出かけており、のこるふたりの測量士は、揃《そろ》って里へ食料を買い出しに下りていたのです。

返事がないと知ると、その娘はまたしてもべそをかきはじめました……我が家の庭をちょっと散歩する、そんなつもりで出てきたら、霧に巻かれて迷子になったのでしょう。ふいにひろがったガスですから、風があります……落ち着いて晴れ間を待てばいいのに、なまじ糠喜《ぬかよろこ》びしたあとなので、彼女はパニック状態に近くなっていました。

「誰かーっ……助けてえ!」

ガスさえ晴れれば、すぐそこにホテルの大建築が見えるのに、きっと彼女はここへきたのがはじめてだったのでしょう。ぼくから見れば、滑稽なほど大袈裟に助けを求めました。

幸いなことに、ナイトはただちに現れました。魔法の杖をひとふりしたみたいに、霧が吐き出したひとりの青年。娘の大袈裟な叫びを本気で受け止めたとみえ、息をはずませ、全力疾走してきました。

「どうしました！　だれか崖から落ちたんですか！」

「あ……」

あまり簡単に助けがきたので、娘も拍子抜けしたみたいです。

「あの……いえ……迷子になってしまって……」

「迷子？」

「すみません……唐木ホテルへは、どう行けばよろしいんでしょう」

「どうって、ホテルなら、ほらあそこに見えてるじゃないですか」

呆気にとられた青年は、娘の背後を指さしました。意地のわるいことに、ほんのその数秒の間に、濃霧は劇的なスピードで晴れ上がっていたのです。

ふりかえった娘は、さすがに顔を赤らめました。

「やだ！　あんなとこに立ってる……」

「鶴島くん！　なにがあったんだ！」

そこへ走ってきたのは、三隈でした。鶴島と呼ばれた青年――むろんそれは、鶴島通夫です――が、笑って首をふりました。

「なんでもありませんよ。このお嬢さんが、道に迷っただけなんです」

「ああ、それでテントを訪ねていらしたのか」

事情がわかって、三隈も笑顔になりました。……彼はずっと以前、通夫が島の小学校に通っていたころ、この三角点で寝泊まりしたことがあります。技師を将来の夢にしていた通夫は、まだ若かった三隈に頼んでアストロラーベの接眼レンズをのぞかせてもらったりしました。その三隈が、また三角点へやってきたと聞き、懐かしがって顔を見せに現れたのです。

測量士は人のよさそうな笑みを浮かべながら、照れ臭そうにうつむいている娘に、尋ねました。

「ホテルのお客さんですか」

「いえ……ホテルはまだオープンしていません。私、唐木泰子《やすこ》と申します……あのホテルに、研修にきていますの」

「唐木……とおっしゃると、社長さんの？」

「はい。唐木東介は父ですけど」

落ち着いてきたとみえ、泰子もやっと微笑で対応できるようになりました。

「では、貴方《あなた》が三隈さんでいらっしゃいますの？」

「ほう！」

測量士は、心底びっくりしたようです。

「朝のジョギングでお逢いするだけで、ろくに名も申し上げていないのに、よく覚えておいでだ」

「人の名を覚えることだけは凄いんですよ、父は。あの……こちらは」

傍でもじもじしている通夫に気を遣って、三隈に問いかけました。

「ああ、彼はね、私の古い親友で鶴島通夫くん。今は東京の大学に通っていて、ベンチャービジネスに挑戦したいそうです」

「古い親友……なんですか？」

どう見ても二十代前半の通夫と、自分の父と同年配の三隈測量士を、泰子はふしぎそうに見比べ、さらにその泰子を、通夫がまぶしいものでも見るような目で、みつめました。

悲劇はここにはじまる、といってよかったのかもしれません。

4　砂の語らい

——人と人がな、浜辺をな、歩いておったのじゃ。ふた組の足跡が、わしらの上を、長く長くつづいていってな。

——おう、それならわしも覚えておるわさ。顔馴染みの漁師が、もうひとりの男になにやら訴えておったのう。

――あれはもはや、漁師ではない。宿屋の主《ぬし》になったそうな。

――その宿の主人が、だれに、なにを、訴えておったと？

――聞いたところでは、わしらを守ってほしいそうな。

――わしら、じゃと。

――おうさ。わしら、鳴き砂の浜をな。主人がいうには、なんでもこの浜はめずらしい石英の砂じゃとか。虫眼鏡で見ると、宝石のように磨かれて、それはそれは美しく光っておるそうな。そう持ち上げられても、わしにはさっぱりピンとこんがの、そのためにこの浜の砂はあるときは琴のように、またあるときは太鼓のように、鳴りひびいたのじゃそうな。古い文献に出ておるそうな。

――そういえば、わしもそんな覚えがある。人がわしらを踏むにつれ、どんどんと、びんびんと、音がひびいた。ふむ、あれはわしらの出す音か。だから人はこの渚《なぎさ》を鳴き砂の浜と名づけたのか。

――したがそれは昔のこと。今ではよう耳をすまさねば、鳴き砂の音は聞こえやせん。なぜならわしらが磨かれておったのは、これまで波が洗いつづけてきたからじゃ。その洗う力が、汚れる勢いに追いつかなくなったのよ。

――なるほどな。磨かれておるからこそ、人が歩き、走り、踊るにつれて、わしらはこすれ合いはじき合って、微妙な音を奏《かな》でてきた。汚れてしまえばそれまでか。

――その鶴島という老人は、かき口説《くど》いておったわさ。

『波が千年万年とかかって洗ってきた砂を、人間はたかだかこの五十年の間に汚れ放題に汚して、鳴き砂の音を消そうとしておる……その息絶え絶えの砂浜を、あんたはホテル専用の砂浜にしようとしてなさる』……

――そのあんたとは、誰じゃい。

――宿の主人、鶴島という老人が話しておった相手じゃ。なんでも話の具合では、その男が山の上に建てたホテルの、社長とかいうことでな。

――偉い男と見えるの。ははは、人間が偉いとは、つまり金をたくさん儲けることらしいが。

――そうじゃ、偉い男じゃ。だから鶴島は、懸命に答えをひき出そうとしておった。

『専用の砂浜になれば、海水浴客はもとより、キャンプとかサーフィンとかの客がわんさと集まって、砂は汚れに汚れてしまう。これまででも、夏のシーズンが終わるごとに、島中が総出で若者たちが汚しきった浜を、掃除するのが常でしたわい。まして大金かけて宣伝して、浜に若い客を呼びこめば、コーラやビール、ジュースの缶が山をなすに相違ない。なんとか見るだけの浜、歩くだけの浜に計画を変えてもらえまいか』……おおむねそんな話じゃった。

――で、そのホテルの社長とやらは、どういうたな。

――もっともらしい顔で、口を開きおったわさ。

『環境の保全は、われわれレジャー業に手を染める者として、大きな関心事です。したがって、浜の清掃については十分留意いたします。その点ご心配はいりません』

となぁ。もとより鶴島老人は、納得せん。

『若者の遊び場にせんと、この場で約束してほしい』

『それは無理です』

社長の返答は丁寧じゃったが、にべもなかった。

『私の仕事は、働く人々が否応《いやおう》なしに都会で溜るストレスを、自然の環境の中で展開するレジャーによって解消させることです。貴方は、人と砂とどちらが大切だとお考えですか？』

そういいきったものよ。

――人と砂、か。自分どもとわしたちを、秤《はかり》にかける、それがそもそも間違っているとは、思わんのだな。互いにひとつの星の上で息づいている仲間同士……わしらが汚れれば、人も汚れる。その理屈に気がつかんのか。

――まあよいわさ。思い上がった人間になにをいおうと、耳にはいりはせん。それで？　宿のあるじはどういうた。

――それっきりよ。あとはひと言も口をきかずに、相手をにらみつけておった。その様子を見れば、社長の答えはおよそ見当がついておったようじゃ。しばらくの間をおいて、たまりかねたように社長が、口を切ったわい。

『どうなんです、鶴島さん』

『どうもこうもない』

宿のあるじは、うなるようにいうた。

『口では所詮《しょせん》あんたらにかなわん。だがわしらは、すでに一度だまされておる……今度という今度は、町の者のいいなりにならん！』

社長は苦笑いしたようじゃ。

『いいなりにならんとおっしゃっても、現に私のホテルはあの通り、開業を待つばかりですが』

『そう、あれは今のところあんたのホテルじゃ……あんたさえおらんければ、もう少し話のわかる者が交渉相手になるかもしれんて』

そういい捨てて、さっさと歩き去ったのよ。薄笑いを浮かべておった社長も、老人の背負った殺気に打たれたのか、なにがなしぞっとしたように、いつまでも見送っておったわい。

――ふふむ。なにやらひと荒れきそうだの。

――なに、嵐がくるというのか。

——嵐も嵐、大嵐よ。ただし風でもなければ、波でもない。人と人が角突《つのつ》き合って、さてどんな結果が生まれるやら。人はもろいことを砂の城にたとえるが、おのれの命こそ、朝露のはかなさではないか。おお、潮が満ちてきた。わしらもしばし、鳴りをひそめることにしようぞ。

5　星々のきらめき

〈あら、どうしたというのでしょう。あんなところに、人が倒れている……足を滑らせたのかしらね〉

〈どこよ〉

〈どこ、どこ？〉

〈あ、私にも見えた。人が鶴島と呼んでいるあそこ。崖の下だわ〉

〈霧にまかれて落ちたのよ、きっと〉

〈もうすっかりおとなしくなってる。人間て、もろいのね。ほんのちょっぴり、つついただけですぐ死ぬのね〉

〈でもおかしいわ。ゆうべは私たち、ずっとあの島を見下ろしていられたもの。霧なんてこれっぱかりも出なかったでしょ〉

〈じゃあ、島に慣れない人間が、落っこちたのよ。きっと、そうよ〉

〈そういえば、ここしばらくあの島は騒がしかったわね。ホテルを建てていたんでしょう?〉

〈まあ、貴方もけっこう人間の世界にくわしいのね……でも、ホテルはとっくに出来上がっているわ。その開業の準備に大忙しだったらしいの〉

〈いやあだ。そういう貴方だって、熱心にのぞいているのねえ〉

〈ちょっと、ちょっと!〉

〈え〉

〈なんなの〉

〈変よ。あそこに落ちてる人間ね……あれは島でも古手の宿屋のおじさんだわ。それ以前は漁師だったし〉

〈まあ。それじゃ、足を滑らせて死ぬなんて、ありそうにないわね〉

〈すると、どういうことになるのかしら〉

〈もちろん、殺されたのよ! 私、見ていたもの〉

〈きゃあ、貴方、その現場を見下ろしていたの〉

〈ううん、人が殺し合うところじゃなくてさ。ゆうべ鳴き砂の浜で、にらみ合ってたじゃありませんか。ホテルの社長と〉

〈あ、私も見てる！　おしまいに、あのおじさんが怖い顔で怒鳴ってた〉

〈私もよ……そうね、たしかにあの人間ね。なんだか、今にも相手を殺しそうな顔だったけど……あべこべに、自分が死んじゃうなんて〉

〈だから、ただ死んだのじゃないわ。殺されたんだわ〉

〈誰に、誰に〉

〈もちろん、あの社長によ。殺そうとして、かえって自分が殺されたんじゃないかしら？〉

〈それ、いえるわね……うふふ〉

〈なにがおかしいのよ〉

〈だって、おもしろくなりそうだもの。当分、あの島からは目がはなせないわね〉

〈残念でした。いくら目をはなさなくたって、朝が来れば私たちは盲同然よ。ほうら、どんどん空が明るくなってゆく……〉

〈おまけに、今ごろになって霧がひろがりはじめたわ。ああ、鶴島がぼんやりかげってきた……もう死人の姿も見えなくなった……〉

〈ね、あれはなに？　明りのようなものが見えるわ。霧の中にひとつだけ、光が動いて行くでしょう〉

〈人がいるのよ、死人の出た崖の上！〉

〈誰かな、警察かな〉

〈警察が来るのは、まだ早いわ。だって、あのおじさんが落ちてるのに、私たちが気がついたのが、ついさっきよ。まだ人間は、誰も事件に気づいていない……犯人がいるなら、それを別として〉

〈それじゃあ、なんの明りかしらね〉

〈見えないわ……もう私には、なんにも見えないの……〉

〈あら、貴方もなの？　私も、駄目……朝の光がどんどん強まってゆくんだもの〉

〈かわいそうに、みなさん。どうぞ、ひと足お先にお休みなさいな〉

〈だあれ、そんなことをいうの〉

〈私よ。暁《あけ》の明星と人は呼んでるわ。貴方たちがすべて、朝の空から消えてしまっても、私は最後まで光りつづける……だから、あの明りが気になるのなら、もうしばらく私が見張っていてあげるわね〉

〈…………〉

〈…………〉

〈…………〉

〈返事がないと思ったら、みんなのこらず姿を消してしまったの。……あら、今見えた明りは、どこへ行ったんでしょう。崖を下りて、死体の傍へ行ったのかしら。ううん、違う。おじさんの周りには、まだ夜の名残の暗闇が、厚い壁をつくっているだけ。……あ！　みつけた、明りを。あんなところまで動いているわ。いったいなにをしているというの。また道に沿って動き出した……変よ、明りがちらちらする。そうか、わかった。あの人間は片手に明り、片手になにか大きなものを持ってるんだわ。そのなにかが明りを遮るから、それでちらついて見えるのね。……えい、じれったい。もう少しでだれが、なにを持っているのかわかるのに！　ああいけない。いよいよ私も空から姿をかくす時間になってしまった……朝日が真横から海を染める。細かな波のしわ模様が、光と影で彫りこまれたように見える。……私が見届けられたのは……やっと……そこまで……〉

6　草のざわめき

〝そうなんだ。俺の上によ、どすーっとひどい音をたてて、じいさん崖を転がり落ちてきたんだぜ〟

〝うん、うん。それが鶴島のじいさんだったんだな。で……？　じいさん自分から落ちたのか。それともだれかに突き落とされたのか〟

〝そんなこと、わかるもんかい。俺はただ面食らってさ、じっと下敷きになっていただけだもんな〟

〝えい、これだから若い者は気がきかん。自殺か他殺か判断するには、その折をおいてほかになかったぞ〟

〝ああ、そうかい。どうせ俺は一年生の野草だよ。あんたみたいに、多年生の古手とは違うんだ〟

〝ひがむでない、若いの。お前さんとて、自分の上に血をしたたらせた鶴島のじいさんが、なぜ死んだか興味を持ったのではないかな〟

〝そりゃあ少しはね。だから、警察の連中のしゃべくりを、じっと聞いてやったさ〟

〝はじめにみつけたのは、鶴島の女房だったそうだな〟

〝ああ。よく見かけるばあさんだ。じいさんが腰を痛めたときなんざ、つっかい棒代わりになって、いっしょに歩いてやっていたよ。人間の中では上等だね〟

〝同感だな。わしら名もない草が花をつけても、しわだらけの顔をいっそうくしゃくしゃにして、

『この花を見ると、ああ島にも春がきたという気分になりますよ』

そういってくれたことがあった……〟

〝そのばあさんが、おいおい泣くんだからな……辛かったぜ。

『起きてみると、おじいさんの姿がなかった。理由はわからないが、朝早いうちに家を

出たらしい。あわてて探しにゆくと、この崖の下で倒れているのが見えた』

そんなことを、駐在の巡査に話してたよ。それからすぐ、警察やら医者やらがやってきて、じいさんの死体をさんざんひねくり回したあげく、どっかへ運んでいった〟

〝ふん。お役目だから、警察は、自殺か他殺か根掘り葉掘り調べただろう〟

〝もちろん。……でもばあさんは、しきりに首をふっていた。

『あの気の強いじいさんが、自殺なぞするわけがない』

ってね〟

〝だが、ほれこの山の上にできたホテルな。あれが店をはじめたら、じいさんたちの商売はあがったりじゃ。そんなこんなでくよくよしておったのではないか?〟

〝むろん警察も、それをいったさ。するとばあさん、むきになってね。

『うちのじいさんは、そんな、無責任な男じゃない』

そういいはるんだ〟

〝というと?〟

〝前の日に寄合いがあったんだとさ。鶴島で宿を経営する人間が全員集まって、唐木ホテルにどう対抗しようか、その相談だったらしい。するとじいさんがいったんだ……今夜唐木に掛け合ってみるって〟

〝掛け合ってどうする。ホテルはもうできあがっておる。今更その唐木という男が、店開きをあきらめるはずもなかろう〟

〝いや、じいさんとしてはせめて鳴き砂の浜を大切にしてもらおう、そんなつもりがあったのさ〟

〝鳴き砂の浜……そうそう、この島唯一の名物を、唐木ホテルが独占するとか〟

〝ああ。山ん中に人間の下りる機械をつくってさ、ホテルからじかに海へ出られるようにする、というんだ。だがじいさんの理屈では、そんなことをすればたちまち浜は汚れる。今でさえ砂の鳴く音が聞こえにくくなってるのに、これ以上若いのがキャーキャー集まったら、砂は鳴くのをやめて、ただの浜になるだろう……だから、鳴き砂の浜はこのままそっとしておいてほしい、静かに散歩するだけのみんなの浜にしてくれと、そう申し入れることにしたらしいぜ〟

〝ふん、ふん。せっかくの島の名物が、唐木ホテルの客だけのものになったのでは、ほかの宿屋はたまるまいからな。だがそんなことをいわれても、ホテルの社長は受けんだろう。大金を払って、鳴き砂の浜を手に入れたんじゃから〟

〝いや、もしも唐木が浜を公開してくれるなら、応分の金を出してもいいと、全部の民宿の主人が、賛成したそうだよ〟

〝ほう〟

〝ばあさんが警察に説明してたんだ。年寄なら、みんな知ってるって。

『あの浜が、琴のようにかき口説き、太鼓のように身震いして鳴りましてのう。わしら子供の時分には、夢中で浜を駆けめぐったものですじゃ。鳴き砂の浜はわしらにとっての宝物。守り育てて次の世代に渡してやりたい……それがみんなの気持じゃったと思いますよ』〃

〃それで？　じいさん唐木に逢えたのか、ゆうべ〃

〃逢うには逢ったが、けんもほろろだったとさ。家に帰ってもふさぎこんでいたらしい。だが布団にはいったとき、ばあさんに洩らしたんだって。

『このままでは、仲間に顔向けならん。明日になったら、また唐木に逢ってみよう』

ばあさんは、そんな亭主の気性を知っている。

『一旦いいだしたことは、どんな難しいことでもやり遂げる、それが捷吉でした。中途半端なままで自殺するほど、うちの亭主は弱虫じゃございません』

とね〃

〃それならわしも、いつかふたりが笑いながら、思い出話をしているのを、聞いた覚えがあるぞ。なんでもあのじいさんは、ばあさんに惚れて惚れて惚れぬいて、強引に嫁にもらったんだそうな〃

〃へえ。あんなしわくちゃをかい〃

〃馬鹿、あの人間たちにもはたちの春があったんだ……そのころはばあさん、町でバスガールをやっていたとか〟

〝なんだ、そのバスってのは〟

〝わしも知らん。この島にはないものらしいな〟

〝ふうん。大した仕事をしていたんだな、そのころのばあさんは〟

〝ま、そういうことじゃ。たまたま体があいて鶴島へ遊びにきた。そこをあの捷吉というじいさんが、ひと目で見染めたとかで、あとはもうどどっと一直線に押して押して押しまくったらしい〟

〝手間がかかるもんだな、人間がいっしょになるのは！　俺たちなら風にまかせてすむのにさ〟

〝若いお前にはわかるまい。いや、そういうわしにもようわからんが、人間とはどうやらその手続きを楽しむ動物らしいて。そこへゆくと、森の獣は簡単じゃ……強い雄が雌を取る。それだけのことだからな〟

〝もっとも近頃では、人間も獣なみになったじゃないか。男と女、ふたつのグループがこの谷間で出会ったことが、あっただろ？〟

〝おお、あのときか。いや、あれにはわしも度胆《どぎも》を抜かれたわさ。『ここなら日溜りで、暖かいぞ』とかなんとかいいおって、てんでに服を脱ぎ出したからの〟

〝裸になれば、人間も獣もやることに変わりはないんだなって、俺、あのときはじめて納得したよ〟

〝まあさ、見ておれ。あのホテルにくる客は、若い、金と暇のありあまる者ばかりじゃ。気の毒に、鳴き砂の浜もそやつらの汗と、ねばっこい汁《つゆ》でぐちゃぐちゃになる……中にはこの谷間まで足をのばして、せっせとまぐわう人間も出るだろうて〟

〝やれやれ。なんだか知らんが、あいつらのいなくなったあと、いつまでも妙な匂いが、俺の体にしみついて困ったよ。鶴島のじいさんが文句のひとつも垂れたくなったのは、よくわかるな〟

〝だがのう……あれほど元気だったじいさんが、あっさり崖から落ちて死ぬとはのう……話をもとに戻すようじゃが、すると自殺か他殺か、話はどっちに転んだのかな〟

〝それが、まだ結論が出ないらしい。ばあさんの話を聞くかぎり、なるほどじいさんが自殺するとは思われん。では事故か。こいつもおかしい……なぜって、じいさん夜明けに消えてなくなってるんだ。わざわざ用もないのに、こんな崖っぷちまでやってきて、足を踏み外《はず》すというのは、理屈に合わない。そうだろう?〟

〝ふふむ。かりに自殺するとすれば、家の近くにいくらでも海があるしな。……漁師あがりとはいえ、この季節、おまけに腰を痛めておったのじゃから、飛びこみさえすれば楽に死ねたろうよ。してみると、こりゃ人殺しか!〟

〝といって、だれがじいさんを殺す？　警察でも考えあぐねてたが、やがて若い刑事がいいだしたのさ。

『唐木さんがあやしい』〟

〝唐木というと、ホテルの社長か〟

〝そうだよ。前の晩、じいさんは唐木と大いにやりあった。だが話はまったくまとまらなかった。しかし、ばあさんは床の中で聞いてるんだ……あきらめずに、もういっぺん唐木に逢うとね〟

〝それで夜明けに家を出た……とは、こりゃどういうことじゃい〟

〝一度はもの別れにおわった交渉だ。再度逢いたいと伝えたところで、まともに相手にしてくれまい。そうじいさんが考えたとしても、当然だろう。……と、これはその若い刑事の言葉だけどね。

『それでも鶴島老人が、唐木氏をつかまえたいのなら、待ち伏せするほかはなかったんです。ジョギングの最中を』

刑事はそういったんだ。ジョギングというのは……〟

〝知っとるよ。いつぞやここを走っていた民宿の客が、話しておったからな。そういえば、ここしばらく、崖の上の小道を、毎朝走ってゆく者がおる。あれが唐木という社長か〟

〝そうらしいや〟

〝するとじいさんは、この崖の上へ先回りして、社長がくるのを待っていた――と。はてな、じいさんはだれに聞いたものかな。唐木がジョギングしていることを〟

〝それを警察も不審に思った。で、まだ傍にいたばあさんに尋ねると、息子が話をしていたという〟

〝息子じゃと。覚えておるぞ、通夫といった。たしか町の大学とやらへ行くようになって、めったにここに顔を見せんようになったわい〟

〝その息子が、三角点でテントを張っている、三隈という友達に教えてもらったんだとさ〟

〝なんじゃ、その三角点というのは〟

〝そんなこと、知るもんか。いいじゃないか、とにかくじいさんは、ちゃんと唐木がジョギングしていることを、承知していた。それだけわかればいいこった〟

〝では鶴島老人は、朝早くこの上の道で唐木に逢った。そして争いになり、崖から落ちて死んだ。そう考えるのが、筋のようだの〟

〝若い刑事はそう主張したんだ……だが、もっと偉そうなふとっちょの警官は、刑事のいいなりにならなかったね。

『唐木氏に再度断られて、悲観して自殺をはかったのかも知れんじゃないか。いや、もしかしたらじいさんは、待ち伏せしている最中に、足をすべらせたとも考えられるだろう』

『この島で生まれ育ったじいさんが、足を踏み外すなんて信じられませんよ』

若い方はそんなことをいいはってたがね、けっきょく、そのふとっちょに押し切られてた。

『いずれにせよ、唐木氏にあたるのが先決だ。それまでは推測にすぎんことを、いいふらさないように』

そう釘を刺されたんだ〟

〝魂胆はわかっておる。人間は金を持っている者のひいきをしやすい。そのお偉いさんも、大ホテルの社長にあらぬ疑いをかけて、あとで事件に無関係とわかったら、立場がなくなることを心配しとるのよ〟

〝人間というのは、不便なものだね。立場だの、体面だの。俺、人間でなくてよかったと思うぜ！〟

7　窓ガラスのぼやき

ガタピシと、今日も朝から風が強くて、あたしの体をゆさぶるのさ。今にも枠から外れて落ちそうで、気が気じゃないってのに、おまわりなんて目がないんだねえ。鶴島は平和で暇なことが多いんだから、たまにはあたしを拭いてくれたって、罰はあたらないと思うのに……駐在所の庇《ひさし》は樋《とい》が壊れたまんまだから、あたしの顔は汚れっぱなしなんだよ。

でもまあ、今日という今日は島がひっくり返りそうな、大騒ぎでさ。

ほんといえば、ぽかぽか日もあたってきたことだし、あたしは居眠りしてたんだけどね。目の前で顔馴染みのおまわりが、初顔の警官にがみがみやられていりゃあ、嫌でも目が覚めるってもんさね。

『眠ってるはずだ？　きみ、のんきなことをいっては困るね。こっちは人ひとり殺されたんだぞ。眠ってるならたたき起こしなさい……だいたい、なんだね、その三角点というのは。この山の上にそんな観光地があるのか』

『いや、観光地ではありません。測量の仕事だそうです。ジオイドがどうとか、アストロがどうとかでして、男が三人テントを張っています』

『測量だと？　またホテルでも建てるのか』

『いえ、地球全体の形を決めるといって、ずっと籠っておりますが』

『怪しいぞ。過激派じゃないだろうな』

『いえ、絶対に違います。年かさの人は以前にもこの島へきたとかで、顔見知りの者もおりますし』

『それならいいが、測量の仕事だというのに、なんだって昼は寝てるんだ』

『はあ……星を見て測量するんだといってます。ときたま里へ買物に下りるので、いつか顔を覚えましたが』

『どうもよくわからんな』

そういって、警部だか署長だか、ふとって偉そうな警察の人は、狸《たぬき》によく似た顔をしかめたわ。あいつが狸なら、ここの駐在さんは馬にそっくり。それはもう、ずいぶん顔が長いんだから。

『唐木さんは忙しい中を、すでに事情聴取に応じてくだすったんだ。それなのに、測量の人間は眠っていると――？　だがこれ以上、話を聞くとすれば、その三角点の連中以外おらんじゃないか！』

ブリブリしている理由は、あたしにもだんだんとわかってきた。

キャリア組の署長さん――しばらく話を聞いてるうちに、その偉いさんが、水路をひとつへだてた町の、署長さんとわかったのさ――としては、平和なはずの管轄区域で、つまらない変死体がころがったのが、腹立たしくてならないのね。

あと一年か二年無事に勤め上げれば、もう一段と出世できる。そう考えていた矢先の事件だもの。それも死んだのが有力者とでもいうなら別だけど、名もない民宿のおやじで、おまけにちょっぴりにせよ容疑がかかったのは、島の今後を左右する唐木ホテルの社長さん。人間のことばを借りるなら、触らぬ神にたたりなし、って奴さ。だから署長としては、一刻も早く単なる事故だったということで、ケリをつけたいんだろうよ。

『とにかく唐木さんは、今朝もいつもの時間にジョギングした、三角点のテントの前を、五時半ごろに通ったが、人にはだれも逢わなかった。そう証言しておいでなんだ。むろん、鶴島という老人の顔も見なかったとな。ホテルの支配人にも逢って話を聞いた。いつもとおなじ様子で、社長は帰ってこられたそうだ。……本来なら、これで話はすむんだ！　鶴島は足をすべらせて崖から落ちた、それでいい。そこを私としては念をいれて、万一じいさんを目撃した者はいないか、調べようとしとるんだよ』

事件を事故として片付けたい気持が、ありありと読み取れたね。……あたしだって、伊達《だて》に駐在所の窓枠にへばりついてたわけじゃない。いろんな人間の、いろんな本音を、さんざ聞かされているんだから、少しは人間てものの裏が見えてくるのさ。……あたしだって、

警察は正義の味方だってね……そりゃあそういうこともあるだろうよ。強盗や殺人犯を捕まえてくれる英雄の集まりと、テレビがしょっちゅう太鼓もちしてる。でも、その英雄たちだって、おなじ人間なんだから、楽して出世したい気持に変わりはないさ。人と人のつながりで出世の階段を登れるなら、自分より偉い人にはゴマをすっとくにかぎ

るもの。だから署長は、唐木社長を容疑者あつかいする気なんて、まるでなかった。ところがどうして、世の中はうまくゆかないねえ。署長が過激派と間違えた測量士さんが、思いがけない証言をしちまったんだ。

……そう、その話をしなくちゃいけない。

署長がおまわりを叱りつけているところへ、ひょっこり顔を出した人間がいる。真黒に日焼けした五十年配の男でね。サファリルックというのかい、ポケットの多い軽装が似合ってた人間だけど、でもスポーツマンというふうには見えなかった。なんとなく学者めいた雰囲気があって、あたしにも正体不明だったねえ。

その男を見て、おまわりが一番に大声を出したのさ。

『おや、三隈さん！』

『こんにちは。買物で山を下りたんだが、聞けば鶴島さんが事故で亡くなられたんですって……それが本当なら、お悔みに行かなきゃなりません。事情をこちらで聞けばわかるかと思って』

『わかるどころか、さ、どうぞどうぞ！』

馬みたいに顔の長いおまわりは、今にもヒヒンといななきそうな勢いで、三隈と呼んだ男を、駐在所の中にひっぱりこんでね。署長にひきあわせたのさ。

『こちらが、今お話ししていた測量士の三隈さんです』

『ほう、あんたが……いや、貴方が』

想像していたより、相手の人物が上等だったとみえて、狸はてきめんに態度をあらためたよ。

『実は貴方がたに、お逢いしたいと思っておったのです』

『え、私たちにですか』

なにも知らない三隈は、面食らったようだったが、話を聞いてすぐ理解した。

『そういうことなら、私も鶴島さんにお目にかかっておりません』

警察の話では、三角点は鶴島のじいさんが落ちた崖のすぐ先にあるんだって。だから、もしかすると三隈なりほかのふたりなりが、じいさんを目撃したんじゃないか。そう警察では考えていたんだね。

『残念ながら今朝は霧でしたから、遠目がききませんでした。もっともあの程度では、島で生まれた人たちが歩き回るには、なんの支障もないでしょう……これがホテルの客だったら、道しるべがなければ一歩だって動けませんがね。つい先日社長のお嬢さんが、その道しるべのあることさえご存じなくって、べそをかいておられましたが』

三隈はそういって笑ったんだ。署長より確実に年上なのに、笑顔がひどく子供っぽかったね。

あ、道しるべというのは、やはり島の宿の人たちが金を持ち寄って、山を散策する客のためにこしらえたものだよ。霧の中でも迷子にならないようにって赤い柱を立ててね……今ではそれも古びてしまったらしいけど。

『そうでしたか。社長のお嬢さんが……すると貴方は、唐木さんともご懇意で』

『いや、懇意というほどじゃありませんが、お逢いしてことばを交したことはあります。そういえば』

と、そこで三隈が小首をかしげたのさ。

『今朝にかぎって、テントにいらっしゃらなかったな』

『え？』

なにげなく聞いていた署長の表情が、変化した――

『三隈さん、その時間にテントから出てらしたんですか』

『ええ、出てましたよ。だって私は料理当番だから……テントの中で炊事したのでは、ほかのふたりが目を覚ますでしょう』

『妙ですね』

おまわりが署長を見つめていったんだ。

『唐木さんは、テントを通ったけれど、だれもいなかったと証言したんでしょう』

『う、うむ』

署長も重大な食い違いが生まれたことに、ショックを受けたらしいよ……狸顔を苦しそうに歪めてさ。

『唐木さんの通った時間が、いつもとズレていたんだろう』

『いや、あの社長さんは時間に厳密でしてね』

と、三隈が反対した。

『ほかのふたりにお聞きになってもわかりますが、毎朝テントの傍を通る時間は、三分と差がありません』

『念のために、今朝あなたがテントの外におられた時間は？』

『五時から六時少し前までです』

『うむ』

そういったきり、署長は押し黙ってしまったのさ。無理もない……さきほどの口ぶりだと、唐木が崖の上を通りテントをかすめて走り抜けたのは、まさに五時半のことだったから。

それを裏づけるように、三隈がつけくわえた。

『ふだんなら唐木さんは、五時半くらいの時間に通られるんですがね』

『いや、しかし』

反撃するように、署長がいったよ。気の毒に、猪首《いくび》の後ろにうっすら汗がにじんでた。

『なにしろ霧の中のことだ。三隈さんが一瞬目をはなした隙に、唐木氏が通過した——

というのは、十分考えられるでしょう』

『考えられんです』

と、三隈は学者らしく頑固にいいはった。

『なぜなら、予定が変わって今朝の炊事当番は私になりました。ほかの若い連中が当番だと、なんの話もなさらない。で、今朝は私がお相手しよう。そう思って時間になると待ちかまえていたんですから』

『むう』

とうとう署長は、うなり出してしまった。死んだ鶴島のじいさんに、なんの恨みもない三隈が、嘘をつく理由はなかったもんね。ふたりの証言に差がある以上、意図的に嘘をいったのは唐木社長としか、考えられないじゃないか？

三隈が鶴島家へお悔みにゆくといって、駐在所を出ていったあとで、署長はむろん、いあわせてふたりの問答を耳にしていた警官、刑事たち全員が、てんでに顔を見合わせた……いくら署長が、唐木氏を不問に付したくても、みんなが聞いていた以上、ほうっておくことはできない。

それまで黙っていた若い刑事が、気負った様子で上司にいったね。

『してみると、やはり唐木社長は鶴島老人に逢ったんじゃないですか。まさか唐木氏に殺意があったとは思えませんが、老人の方にはあったかもしれない……で、争いとなって、体力的にまさる唐木氏が、相手を崖から突き落としてしまった。あわてた彼は、その後のジョギングコースを省略して、ホテルへ引き返した。そうすればホテルに帰る時間はいつも通りとなります。さいわい、といってはなんですが霧の濃い時間でしたから、三角点は通ったことにしよう……彼としては、今朝の炊事当番が三隈氏に変更になったことを知りませんからね。霧でだれも見えなかった、とかなんとかいえば、十分通用する。

『むうん。だがそうなると、鶴島が落ちて死んだのは、いわば自業自得だ。そんな嘘をついてまで隠すことはないだろう』

『それは違いますよ』

若いだけに加減を知らないんだね。真向から反対されて、署長はしょっぱい顔になったけど、かまわずどんどんしゃべり出した。

『唐木氏が大金を投じたホテルは、あと三日でオープンするんですよ！　その一番大事なときに、たとえ正当防衛か事故に近い形であったにせよ、結果として島の住人を殺したとあっては、ホテルの先行きはどうなります？　経営者として、事業を成功させるためには、どうあっても老人の死と無関係でなきゃならんのです』

『わかった……』

とうとう署長は、思い切ったように、警官たちに命じた。

『やり直しだ。唐木氏に逢いにゆこう……場合にはよっては、こちらへきていただく必要があるかもしれん！』

風がひとしきり、あたしの体を震わせたけれど、あたしはそれどころじゃなかった……どうやらまたひとり、人間の本音を聞けそうだ。それもいわば島を乗っ取ったホテルの社長！　偉い人間ほど表の顔と、裏の顔が違ってるんだから、きっとおもしろい見物になるわ。

8　壁画の独白

ぼく、この絵の中であそんでるおとこの子だよ。みんな……といっても、ホテルがまだはじまっていないから、しゃちょうさんや、しはい人さんや、ここではたらいている人たちしか、ぼくを見ていないけど、みんなぼくをほめてくれるんだ。

『ロビーにかける壁画にしては、へんにきどってなくていい』

『これでしたらファミリーにもわかいカップルにも、よろこんでもらえるとぞんじます』

そんなこといってた。

ぼくがかかってるロビーはね、天じょうがうんと高いんだ。いりぐちからはいってくると、ましょうめんに大きなまどがあって、そこからすなはまを見おろせるの。そのむこうに海が、どこまでもどこまでもつづいていてさ、日がのぼるとキラキラかがやくんだよ。そのきらびやかなけしきにあきて、おきゃくさんが、ひょいとソファにこしをおろすとね、すぐ前にぼくの絵がかかってる。

はだかんぼうのぼくが、犬の子なんびきかとはまべをかけっこしているの。あしもとからすながパーッとあがって、とてもげんきのいいぼくなの。それを見るとだれでもこんなふうにすなはまをはだしでとびまわりたいな……そう思うにきまってる！

だからいつだって、ぼくはにんげんのわらってるかおしかしらなかった。でも、どうしたっていうんだろう。さっきから、なぜかホテルの中がざわついてるの。ぼくをはじめて見るにんげんだって、大ぜいまじっていたのに、だれもふりむいてくれやしない。さびしかったよ。

くろいふくをきたふとったおじさんが、しゃちょうさんといっしょにエレベーターから出てきた。いつだってしゃちょうさん、ぼくを見あげてにこにこするんだ。それなのに今日だけはかおをうつむけたまま、くろいふくの人なん人かに囲まれて、車にのってでていった。

どうしたんだろう……にんげんたちがときどきいうから、ぼくもおぼえちゃったけど、ケイキがわるくなったのかな。そうすると、ぼくまたどっかへうられちゃうのかな。

しはい人さんまで、青いかおでげんかんに立っていた。ふりかえると、じぶんばかりかホテル中の人が出てきてた。みんなしんぱいそうなかおで、しゃちょうさんとくろいふくの人たちをのせた車を、見おくっていたんだ。

するとしはい人さんは、おこったようにパンパンと手をたたいて、みんなにいったよ。

『しごとのつづきだ、つづきだ』

そしたらね、白い高いぼうしをかぶったおとこの人が、きいたんだ。

『よていどおりオープンできますか。しゃちょうはいつおかえりになるのでしょう』

しはい人さん、とってもこまったかおしてた……しばらくして、ひくい声でこたえたの。

『げんきをだせ。すぐおかえりになる、ホテルもむろんはじまる。みょうなことをきくんじゃない』

……しはい人においたてられるように、みんながちっていったあと、ひとりきりのこったのは、赤いふくをきた、きれいなおんなの人だった。しゃちょうさんのおじょうさんで、泰子さんというんだ。

『父がそのおじいさんを、がけからつきおとしたなんで、うそよね……ね、あなたはだってそうおもうでしょう』

ぼくを見あげてきくんだもん、こまっちゃった。『はい』とへんじしてあげたいけど、でもぼくの声はにんげんにきこえないものね。

そのときふいに、げんかんとはんたいの方……おにわからひとりのおとこの人がはいってきたんだ。まどのすみが戸になっていて、そこからずっとさんぽするみちがつづいているらしいや。ホテルがはじまったら、じゅうにとおりぬけできないんだろうけど、今はまだ外からだれでもはいれるの。

その人を見たとたん、泰子さんがはしっていった。

あれっ、ないてるみたいだ。

ぼくがそうおもったときには、もう泰子さんはおとこの人にだきついて、声をあげていたよ。

『通夫さん、わたしどうしたらいいの。けいさつでは、父があなたのお父さんをつきおとしたとおもってるみたい』

ぼくのところから見ても、泰子さんがからだじゅうでないていることが、よくわかった。通夫ってよばれたおとこの人は、そのせをやさしくなでていたっけ。

しばらくしてから、小声でいったんだ……

『きみのお父さんが、そんなことをするはずはない。ぼくは信じている』

『でも、もし』

と、泰子さんは、かおをあげて通夫さんを見たの。ほおからひかるものがいとをひいて、ゆかのじゅうたんにおちてゆくのが、よく見えた。

『もしもよ……それがほんとうだったとしたら？　あなたと私はもうおしまいね』

『なにをいってるんだ』

通夫さんがこわいかおになった。

『おやじたちと、ぼくたちのこととはべつだ。きみだっていつかぼくが、われわれはすむせかいがちがうといったとき、はっきりいってくれたじゃないか。もし父がはんたいするのなら、家をとび出してでもぼくのところへくるって……どんなやすサラリーでも、やりくりしてみせるって』

『だって、父は人をころしたのかもしれないのよ！　それも、よりによってあなたの……』

おしまいまで泰子さんは、話すことができなかったの。どうしてかっていうとね、泰子さんのかおの上に、通夫さんのかおがかさなったから。なにをしたのか、ぼくにはよくわからなかったけど、まるでまほうをかけたみたいに、泰子さんおとなしくなっちゃった。

しばらくのあいだ、そのかたちがつづいてた……まるで人がひとりもいないみたいに、ホテルの中はしんとしててね。大きなまどから日のひかりだけ、さしこんでいたの。でも風はつよかったから、ふたりの上ににわの大きなえだのかげがかぶさって、ゆっさゆっさとゆれていたっけ。

そのときぎゅうに、ふたりのからだがパッとはなれたんだ。びっくりしたけど、それは通夫さんが、まどのむこうにだれかいるのをみつけたからと、すぐわかったの。

『おふくろ!』

通夫さんがそうさけんで、いっさんににわへとびだしていった……

あとに泰子さんが、立ちすくんでる。

ああ、あのおばあさんが、通夫さんのお母さんなのか。せをまるめてけんめいににげてゆく、ちっちゃなおんなの人がいた。ホテルの人とちがって、とてもじみな色のふくをきてるから、おばあさんだとおもったけど、通夫さんのお母さんなんだから、そんなにすごくとしよりってわけじゃないよね。

なのに、どうしたんだろう。にげるそのからだがふらふら、ふらふらゆれてたんだ。にわのはずれは、もう森になっていて、そのはしまでかけていった通夫さんのお母さんは、とつぜんぼうになったみたいに、たおれてしまった!

9　風のはためき

ごう、と天で俺がわめいてみせると、森の枝という枝が、声をそろえて泣き叫ぶ。初夏だというのに、散った葉が秋の季節のそれみたいに、庭一面を乱舞していた。

そんな庭の隅まで走って、女は力尽きて倒れ、息子に抱え上げられた。

『おふくろ！　なんだってホテルへやってきたんだ。まさかおふくろまで、親父を殺したのが、ここの社長と思ってるんじゃないだろうな！　警察がどう考えようと、俺は信じないぜ……俺までそんなことを考えたら、泰子さんがあんまりかわいそうじゃないか！』

一気に叫んだ若者は、はじめて母親の状態に気づいて青くなりおった。

『おいっ、しっかりしてくれ！　毒を飲んだのかっ』

ごおお……人の命ははかないものよ。俺は笑って、そいつらの上を通りすぎてやった。折れた枝が庭の芝生をころがり回る。それそれ、いっそ海へ落ちてしまえ！

『通夫さん！』

いつの間にか、人間がひとりふえておった。若い女だ。俺のいたずらでスカートが大きくめくれるのも気づかん様子で、女は母親の息をかいだ。

『ニンニクの匂いがする……黄リンだわ！』

『なんだって』

『私、薬局でアルバイトしたことがあるの。これは殺鼠剤《さっそざい》の匂いよ！』

『そ、そんなものをどうして飲んだんだ……』

ぐったりした母親を男がもう一度抱えなおし、女が急を知らせにホテルへ駆けもどろうとしたときだ。動きを止めたかに見えていた母親が、かすかに、かすかに、唇をわななかせた。

『えっ、なんだって……おふくろ、なにをいいたいんだ?』

男は必死に耳を近づける。だが俺は意地悪な風でな。ひときわ大気を震わせて、ごおおっと雄叫《おたけ》びをあげてやった!

おかげで母親の末期の声は、切れ切れにしか、息子の耳へ届かなんだ。

『みち……み、みち……』

『俺を呼んでるんだな? 俺なら、ここにいる! あんたを抱いているじゃないか!』

すると母親は、かっと目を見開いた。

(違う、違う)

というように、死に物狂いで首をふった。はずみに、頭の後ろでひっつめにしていた髪がほどけた——俺にあおられて、一旦宙に流れた髪は、それ自体が生き物のように躍り狂った。

『えっ、俺のことじゃないのか。じゃあ、なんだというんだ……もういっぺん、口をきいてくれっ』

いまわの際に、母親が、死力を尽くしていいのこそうとしたことば。だがそれをふたたび口にすることは、彼女にはできなんだ。

ひよおおーっ。

俺はせいぜい悲壮に、弔《とむら》いの歌を聞かせてやった。

10　墓地の対話

「……親父、おふくろ。あらためて俺の嫁さんになる人を、連れてきたよ。唐木泰子さんというんだ」

「泰子です。どうぞ、よろしく。……でも、悲しいわ」

「なぜ」

「お父さんには一度もお目にかかれなかったし、お母さんだって……とうとう……」

「仕方がないよ。後で医者に聞いたんだが、黄リンは飲んでから一時間半もかかって、症状が発現するというんだ。だからおふくろは、あらかじめ毒を飲んでいても、あそこまでたどりつけたのさ。症状が起きてからでは、どの道間に合わなかった」

「そうかもしれないけど……お母さんが、ホテルを死に場所にしようとなすったなんて、よほど恨まれていたのね、うちは」

「でもけっきょく、ぼくらを見て、真相を教えてくれたじゃないか。あのときみが、おふくろのいいたいことに気づかなかったら……それこそホテルは、駄目になっていたかもしれないんだ」

「ううん。それはあなたのお母さんが、最後の最後まで力をふりしぼって教えてくだすったからよ」

「ああ……てっきり死んだものと思ってたのに、おふくろの手が動いて、きみの服を指さしたときには、びっくりしたな」

「私だって、息が止まりそうだったわ」

「その最中に、ちゃんと頭が回るんだから、大したものさ」

「あら、だってそれは、私が一度あの森で迷子になったからよ。あれ以来散歩の度に、道しるべを見落とさないよう、歩いていたわ……だから、お母さんのおっしゃった『みち』ということばと、赤い色とがすぐに結び合わさったのよ」

「それにしても、おふくろが道しるべを移動させて、唐木さんにいつもと違う道を走らせたなんて、よく思いついたね」

「ほら、あのとき私、三角点のテントを見つけたのに、中にだれもいないから、べそをかいたでしょう？　あれを思い出したのよ。父は、三隈さんたちのいるテントと、べつなテントを見たんじゃないか……見させられたんじゃないかって」

「そうなれば、いつものテントで炊事している三隈さんと、顔を合わすことがない。後で警察に聞かれた三隈さんは、唐木さんが通らなかったと答える……当然警察に疑われる。そこまで考えたんだね、おふくろは。捜査の結果、唐木さんがシロと出るなら出てもいい。ホテルのイメージをぶち壊すことだけが、目的だったんだからな。そうだろ、おふくろ……俺、びっくりしちまうよ。親父が足をすべらせて死んでいる。それをみつけたとたんに智恵を働かせて、唐木さんにひと泡吹かせようと企むなんて！　……俺の知ってるおふくろは、やさしいだけが取柄《とりえ》だったのにさあ……火事場のくそ力というけど、土壇場に立つと智恵もしぼり出せるものかねえ。……そうそう、報告することがある。親父、よろこべ。唐木さんが、鳴き砂の浜を島のみんなに返してくれたんだ！」

「それに、私からもお知らせしますわ。おふたりがおのこしになった民宿を、通夫さんと私でやってみようと思いますの」

「といって、今すぐってわけじゃない。俺だって接客業のイロハから覚えなきゃならんもんな。とりあえず唐木さんのホテルで研修させてもらって、じっくり考えるよ。大型ホテルと民宿クラスの宿屋では、客層が違うんだ。いくらパイが小さくても、やり方によってはきっと両立できると思う」

「そのためにも鳴き砂の浜を、大切に守ってまいりますわ。……どうかお父さん、お母さん、私たちを導いてくださいね」

「……さ、行こうか。海があんなにくろずんできた」

「ええ。……少しずつ日がみじかくなってゆくのね」

「その代わり、夏はこれからが本番だ。ホテルも民宿も稼ぎどきさ。じゃあな、親父、おふくろ。また来るよ！」

（ふふふ）

（おや、なにがおかしいんです、お父さん）

（お前の株が上がったからさ）

（そのこと？　……本当に、通夫ったら。母さんを買いかぶるのも程々にしてほしいねえ。種を明かせば、みんなお父さんの智恵だったのに！）

（そうよなあ……わしは思い詰めていた……このまま唐木になんど逢っても、結果はおなじと踏むほかなかった。だがそれでは、わしらはともかく、民宿の仲間、鳴き砂の浜はどうなる……ここは一番、どうあっても唐木に考えを変えてもらうほかなかった……）

（だからって、私に書置きをのこして、崖から飛びおりるなんて、乱暴ですよ！）

（まあまあ。今さらなにをいってもはじまるまい？　それよりわしは心配だったぞ。お前がちゃんとわしの書きのこした通りに、やってくれるかどうか、な）

（冗談じゃない。書置きを読んだときは、本心からそう考えましたよ。もしも貴方が本当に死んでしまったのなら、私もすぐに後を追おう……そのつもりでしたもの！　懐中電灯をふりふり崖の上まであがった、そのときまでそう覚悟してたんですよ）
（ほう……それがまたどうして、わしのいいつけ通り、道しるべを動かす気になったんだ？）
（崖の上にあがりますとね。風の加減か波の音がすぐ耳元で聞こえましてね……ああ、この音がなん万年もつづいて、砂をきれいに磨いたんだ……鳴き砂の浜をつくったんだ。そう思いましたらね、たかだか七十年や八十年しか生きていない人間が、一代のうちに浜を壊してしまうとは、なんて身の程知らずだろう！　そんな気分になったんです。見上げると明け方の空にまだ星がいくつものこっていて……その星が、私のすることをじっと見ているように思えて……怖いみたいで下を見ると……それ、お父さん。貴方とはじめてあの谷間で顔をつき合わせたときに咲いてた花が、夜目にも白く開いていてね……星も花も黙っているけれど、本当は人間のすることなすこと、じっとみつめているんじゃないか……それなら私も精一杯、やるだけのことをやってから、お父さんの傍へいっても遅くない……ですから書置きにある通り、えっちらおっちら道しるべを運んで……具合よく霧も出てきたし……とど、思う壺にはまってくれて、唐木さんは警察へ……仕上げのつもりでホテルで死のう、そう考えてあそこへいったら、なんと、まあ！）

(……思いもよらず、唐木の娘が通夫の恋人だったというわけか)

(つい、死ぬ前にことの次第を教えてしまいましたよ。いけませんでしたか、お父さん)

(ふふん。それこそお前の土壇場の智恵だ……おかげで、なにもかもうまくゆきそうな気配じゃないか)

(いいえ、しっかりしてるようでも通夫はまだまだ。お嬢さんはいい子だけど、あの子の父親がどこまでわかってくれましたかねえ。ようございますよ、一度死んでしまえばもう死なない。飽きるまで私は、ふたりの行く末を見定めてまいりますからね)

(やれやれ、しぶといばあさんだ)

(え、なにかいいましたか)

(なにもいいやせんよ……ナムアミダブツと、お念仏を唱えただけのことだ)

(では私も。ナムアミダブツ、なむあみだぶつ)

大人でいちばんの子供の私

あとがきＡ　１９８６年

　ぼくは年齢的には旧人類、それもかなり古手に属するのですが、なぜかこれまでのライター商売の大半が、ドラマもアニメも小説も――『鉄腕アトム』から『Dr.スランプ』まで――新人類にむけて発信するエンタテインメントでありました。

　そんなぼくが、はじめて大人むけの雑誌から小説の注文をうけて書いたのが、冒頭の『村でいちばんの首吊りの木』です。さいわい好評だったらしく、その年度の『推理小説年鑑』にえらばれ、うれしかったことをおぼえています。そんなことがなければ、ほそぼそとでもミステリーを書きつづけなかったでしょうし、『アリスの国の殺人』で推理作家協会賞をいただくこともなかったと思います。

　実をいえば、これがぼくの上梓するミステリーの本では、まだ三冊めのハードカバーなのです。ジュヴナイル小説や児童向けの上製本なら、過去なん冊も出していますが、一般読者にむけて刊行されたものでは、つい先月再刊した『アリス……』と、新作の『ピーター・パンの殺人』と、この本しかありません。

いつぞや若い読者から、「貴方の本は、ぜひ価格を600円台に抑えてください」という手紙をいただいて、恐縮したことがあります。べつだんそのせいではありませんが、ここ数年ペーパーバックライターとして、ずいぶん書かせていただきました。アニメとちがって、あえて若い読者を想定していませんが、これまでの商売柄、読者年齢はほかの作家ほど高くないでしょう。

むろん若むきに書くのは、好きです。戦前の少年小説の隆盛ぶりを、リアルタイムで知っているだけに、戦後の活字の子供離れ（決して子供の活字離れではありません）が、ひどく悲しいものに映ったことは、たしかでした。いったい戦後のどんな有力作家が、ジュヴナイルに本腰いれて書いてくれたでしょうか。吉川英治や江戸川乱歩、大仏次郎らの代表作には、ちゃんと少年ものがはいっているというのに。

手塚治虫を旗手とする漫画、新進作家をぞくぞくと生んだSF、辛うじてふたつのジャンルだけが、戦後すぐの若い世代にむかって、懸命にメッセージを送りつづけてくれました。それらは明らかに大人の知らぬ地平を、切りひらいたのです。

――戦争中から戦後にかけて、国を動かす大人の都合で、めちゃめちゃな教育をうけたぼくとしては、

（あんな大人にだけはなりたくない）

そう思いこんだようで、いわば元祖ピーター・パンであったのかもしれません。その意味では『ジャングル大帝』も『サイボーグ009』も『デビルマン』も、大好きな仕事でした（『サザエさん』はちょっと意味がちがいます）。それでいて常にじれったい思いが、ついてまわりました。いくら高い視聴率をとっても、たかがマンガと切り捨てられるのです。アニメやSFをちやほやする大人たちが、しょせん算盤《そろばん》の上でしか評価していないことも、よくわかりました。

外にむかってはきれいごとをいい、内にむかっては金、金、金という、建前と本音の使いわけが、国際社会で日本が袋叩きにあう原因ですが、国内だけを見ても、おなかで金勘定しながら、うわべは文化ブンカといいつのる大人の二重人格が、日本を住みにくくさせていると思います。

それでいて一億総中流時代、両どなりと顔を見合わせて、幸せと仰有《おっしゃ》る。ああ、ぼくはやっぱり大人になりたくない！

だが現実には大人どころか初老の域にはいりつつあるのですから、これはもう、悲劇というより喜劇。このままゆけば、子供から一足飛びに老人になるのが、ぼくの宿命らしいです。あわてて老人ホームを研究しているところ——なぞと書こうものなら、各種有料老人ホームのセールスが来襲しかねないので、日本は怖い。

おかげで世代間のギャップを、一身に具現して悩んでいます。ここに集めたささやかな作品は、どれも新旧人類の意識の差という、共通項でくれるようです。ピーター・パンに、大人相手のメッセージが伝えられるとも思えませんが、大人と子供のあいだをうろうろしている中途半端なぼくのミステリーを、買って下さったあなたは——さてどちらの人類に属しておいでてでしょうか。

一九八六年三月二十三日（五十四歳の誕生日に記す）

辻　真　先

あとがきB　1994年

ぼくの文筆歴の中で、唯一映画化された作品が表題作である。テレビドラマにはなん本もなったし、アニメを含めたシナリオはテレビと映画を問わず二千本ぐらい書いた気がするが、映画原作者になったのはこれっきりだ。橋本忍プロダクション制作であり、神山征二郎監督、倍賞千恵子、早見優主演でスタッフキャストに不足はないが、評判はイマイチだったようで残念だった。そのときには『旅路』という、まことにまっとうなタイトルが頭についていた。舞台となる首吊りの木の選定に一年がかり、という裏話を橋本氏の息子さんから聞いたが、なるほど『村でいちばんの首吊りの木』と銘打たれては、木の持ち主もたまるまい。映画というのは手間がかかる仕事だと、三十年前にはその世界に片足突っ込んでいたくせに、あらためて嘆息したものだ。そんな苦心が必ずしも報いられなかったとすれば、悔しい限りだが、ぼくとしてもひと皮剝《む》け損なった思いがあって、二重に残念であった。

もともとの原作は、仕事の主流がアニメ脚本だったころ、双葉社の〝小説推理〟誌からミステリーの注文をもらって書いたものだ。編集者の新井隆さんがどこでぼくをみつけたのか、伺う機会もないままご無沙汰しているが、力をこめて書かせてもらったことをいまだに感謝している。昭和五四年七月号の発表だから、ぼくもまだウブだった。『街でいちばんの幸福な家族』は、〝別冊婦人公論〟昭和六一年春号所載のものである。アニメの脚本家という立場から、子供と大人のズレを痛感させられていたぼくの、これが当時の本音だった。最後の『島でいちばんの鳴き砂の浜』は、無生物の視点からミステリーを綴《つづ》れないかと、お遊びで書いた——つもりだったが、けっきょく前の二編に通底する主題を奏でたようである。

　映画化を機に中央公論社の新名新さんの手をわずらわせて、一冊にまとめていただいたのが、やはり昭和六一年だった。もっぱらペーパーバックライターだったぼくには稀な、ハードカバーであった。そのとき書いたあとがきを読みなおしたら、まだ三冊目だったらしい。

　その後は年に一冊程度ハードカバーを出すけれど、安い本を若い読者相手に書くという事情はいまも大差ない。だが確実な違いは、ぼくがはっきり年をとったことだ。

　もともと昭和四〇年代に朝日ソノラマから、小説らしいものを出すようになったのは、若者を対象にしたおもしろい小説が皆無だったこと、それでいて旧来の活字派の大人たちが、ふた言目には「今の若い者はマンガばかり読む」と文句をつけることに腹を立てたのが動機だった。そのころしきりに全国各地へ講演行脚させられ、アニメやマンガの話をしていたのだが、地方へ行けば行くほどその種の質問――というより抗議だ――が飛ぶ。埃の溜まった児童文学や古典文学を目の前につきつけられて、さあ読めといわれて、どこの子供が読むだろう。まず必要なのは高尚な懐石料理より、安くていいからシュンのお惣菜ではないかと思ったのである。

ぼくが年をとるのと並行して、時代も変わった。若い読者のハートをつかむファンタジーや、アクションや、ミステリーが花盛りのいま、ぼくが座っていた椅子はなくなった。けっこうなことだが、ぼくにしてみればけっこうではない。鳥なき里のコウモリの悲哀か、斎藤実盛《さいとうさねもり》を真似て白髪頭を染めたところで、しょせん若い作者が若い読者に訴えるエネルギーに敵《かな》いはしない。旧版のあとがきに「これはもう、悲劇というより喜劇」としたのを思い出す。「宿命」の予言がまさに的中したようである。

さて、これからぼくはどこへ行こう？　どこへ行けば自分の席があるのだろう？

もっとも老いた当人は、案外「喜劇」を楽しんでいる節がある。雑踏の只中で行き先を探して佇立《ちょりつ》するまぬけな自分が、なかなかに愛しい存在に見えるのだ。思えばぼくは、何度も何度も仕事の対象を変えてきた。テレビ、アニメ、ビデオ、ジュヴナイル。どれも最初は、マスコミが歯牙にもかけない愚劣でちっぽけなメディアだった。パイが大きいから飛んでゆくのではなく、そこにパイをこしらえる方が性に合っているとみえる。偉そうにいえば、自分の前に道はなく自分の後ろに道がある――あはは、自分でいって恥ずかしくなった。

せいぜい獣道《けものみち》しか作れず、国道やハイウェイにめぐり会えそうもないが、蟹《かに》は自分の体に合わせて穴を掘るという。旧作再刊を機に、もう一度初心にかえってゆっくり歩きはじめたい。作者自身にそんなことを考えさせた『村でいちばんの首吊りの木』を、あなたもどうか読んでみてほしい。

一九九四年一月二十一日

辻　真先

あとがきC　2023年

本書の「あとがき」を書くのはこれで三度目だが、二十一世紀になってから書くのははじめてである。

世紀が変わろうと作品に変わりはなく、ぼくもやはりぼくでしかない。だから改めて書くことなぞないと考えていたが、そうはゆかなかった。読者が違う。イヤひょっとしたら、再読してやろうともう一度（あるいは二度）購入してくだすった慈悲深い読者のあなたかも知れない。

おなじ作者でおなじ読者であっても、われわれを取り巻く時代は激変した。単純に20が21に増加しただけの問題ではないのである。

残念ながら、94年版に記した通り「唯一映画化された作品が表題作である」事実に変わりはない。ぼくはアニメ脚本家を兼業していたから、『ユニコ』『夏への扉』『21エモン』など劇場長編をなん本かモノしているけれど、それはあくまで「脚本」参加であり、原作者ではない。『村でいちばんの首吊りの木』は、依然ぼく唯一の映画化小説なのだ。

あのころを思い出すと、ずいぶん長い時間が経過した気分がある。最初のあとがきに

「新人類」「旧人類」という言葉が頻出するが、そんな言い回しはとうに廃《すた》れた。「まだ三冊目のハードカバー」と愚痴っているが、かつて主流であった新書判が徐々に影を薄くした結果、ぼくも生存戦略上ハードカバーを書くようになった。迷犬ルパンやトラベルミステリから鉄道冒険ものへポイントが切り替わったのだ。

最初の『サハリン脱走列車』が上梓《じょうし》されるまでは、さまざまな径庭があった。出版社としてはぼくにそんな作品を求めていなかったから、書くより売り込むのに時間がかかった。前出のあとがきBを読んで「あんなこと書いていいの」と心配してくれた講談社の宇山さんが出版を快諾、ぼくとハードカバーの相性を確かめてくれたおかげで、作家でありつづけることができた。やがてぼくは念願の本格ミステリ幹線に乗り入れる。「のぞみ」ではなく「こだま」クラスの各駅停車の風情ではあったが。

ぼくをとり巻く読書環境でもっとも様変わりしたのは、ラノベの出現とその台頭だろう。若者向けに書くのに苦労したあの時代がウソみたいだ。異世界もの転生もの学園ものタイムループもの異能対決もの、時間さえあれば活字でもマンガ・アニメでも、できるだけ読み見るようにしている。

書くにはあまりに年老いすぎたけれど、今でも好きで読んでいる。目や指や足腰の衰えでマンガ喫茶を諦め、トーハンの月間マンガ刊行リストもなくなり、目配り不足を実感しているものの、幼年期の古本屋通いを思えは、ロッキングチェアでのうのうと各種

デバイスに親しんでいる現在、

（ぼくも出世したもんだ）

悦に入っているから無邪気だね。

眼疾さえなければ今の二倍読みたいのに、残念ながら目がイタイタイタイ！　仕方なく休み休み読んだり見たりしている。

でも気分は幼児のころと変わらない。扁桃腺《へんとうせん》の手術を泣かずに受けたら（泣いてはメスが入らないので）講談社の定価1円もするマンガ本『タンク・タンクロー』を買ってくれるというので、ボクガンバッタヨ。

ちなみに『タンクロー』の作者阪本牙城《がじょう》は、今書いている『命みじかし恋せよ乙女少年明智小五郎』の登場人物でもある。さりげなく自作の宣伝をしたが気にしないでください。五歳だったぼくも九十一歳を越えたぼくも、呆《あき》れるほどに地続きの自分でしかない、ということだ。

ここに収めた三本の中編は、そんなすれっからしの子供、ついに成熟しそこねた大人が、まだ作家面さえできない時代に書いた習作なのだ。

どうか笑って（苦笑・憫《びん》笑《しょう》・笑殺、ご自由に）読みとばしてやってください。

二〇二三年五月十五日

辻　真　先

『村でいちばんの首吊りの木』文庫化記念 特別対談

日本でいちばんのミステリな「老人」と「青年」!?

辻 真先×阿津川辰海（小説家）

辻でさいしょの大人の小説

辻 今日はようこそおいでくださいました。阿津川さんとお会いするのは、いつ以来になりますか。

阿津川 四年ぶりです。二〇一九年八月に全日本大学ミステリ連合（以下、ミス連と表記）の夏合宿が熱海で開催され、ミス連の現役生と共に先生の講演を聞いて、ご挨拶した時が初対面でした。

辻 光文社から『焼跡の二十面相』が出た後で、『たかが殺人じゃないか』の原稿を書いていた頃かな。

阿津川 はい。講演で『たかが殺人じゃないか』に「読者への質問状」が付くと伺って、大いに興奮したことを憶《おぼ》えています。

当時のミス連幹事で、当日司会をしていたのが、現在早川書房に勤めている井戸《いど》本幹《もとみき》也《や》君です。彼がその時、辻先生に「自薦短編ベスト5」をお聞きして、挙げていただいたのが「村でいちばんの首吊りの木」「うえっ！　ディング・マーチ」「オホーツク心中」「轢《ひ》かれる」「上役を静かにさせる法」という五作品でした。今回の文庫化で「村でいちばんの首吊りの木」、そして『思い出列車が駆けぬけてゆく　鉄道ミステリ傑作選』（創元推理文庫　二〇二二年）収録の「オホーツク心中」「轢かれる」と、五作中三作が現役の新刊で読める状態になり、ファンとしては嬉《うれ》しい限りです。

今回、『村でいちばんの首吊りの木』をあらためて再読して衝撃的だったのが、「あとがき」に書かれていた、表題作は大人向け小説誌からの初めての依頼で執筆されたという事実です。「小説推理」（双葉社）の一九七九年七月号に掲載されたのですね。

辻　一九七二年に朝日ソノラマから『仮題・中学殺人事件』を出した後、小説はずっとソノラマの子供向けでした。それ以外だと、双葉社とどっちが先だったかな、同じくらいの時期に徳間文庫の編集長前島さんから声が掛かって、『宇宙戦艦富嶽殺人事件』という長編を書きました（一九八一年）。『宇宙戦艦ヤマト』のパロディで、『仮題・中学〜』のような「超犯人」スタイルでやってほしいという注文でしたけど、大人向けという認識がこちらにもなくてね。はっきり大人向けっていうことでは、「小説推理」が最初でしょうね。

阿津川　私は辻先生のコミカルな文体が好きなんですが、「村でいちばん～」は、手紙ということもあって文体がすごく抑制されて、それがミステリーとしての魅力にもなっていると思いました。手紙のやり取りのみで構成されている点や、なぜこのタイミングの手紙ではこのように書いておかなければいけないのかという必然性の処理も含めて、先生の短編の中では、私もベスト5に挙げたいくらい好きです。

辻　そのころ僕は四〇代後半だったし、年齢を考えると落ち着いた文章を書いて当然なんでしょうけど、やっぱり書きやすかったのは、二番目の「街でいちばんの幸福な家族」かな。女子学生のせりふは、気楽に書けましたね。

阿津川　二編目は家族の中で語り手がスライドしていく小説ですが、確かに、女子学生のパートは辻先生のいつもの味わいが出ていたと思います。

辻　「村でいちばん～」は映画化が決まっていたのだけど、一〇〇枚の中編一本だけでは原作本として売れない。それで、中央公論社の新名さんに相談して、「別冊婦人公論」に一〇〇枚の「街でいちばん～」を載せてもらったんですよ。さらに、雑誌が世に出る間にもう一本中編を書いて三〇〇枚あれば本に出来るね、と、三番目の「島でいちばんの鳴き砂の浜」を書き下ろしました。

阿津川　一九八六年春号に「街でいちばん～」が載って、四月にはもう単行本に……すごいペースですね！　しかし、全編レベルが高く、急ピッチで二編目、三編目が作られたとは、とても思えないです。私、この三編目「島でいちばん〜」もすごく好きなんです。自然の星々だったり砂浜だったり、無生物が次々に語り手として登場し、少しずつ事件の様子が分かってくるという趣向ですね。中学生の頃に宮部みゆきさんの『長い長い殺人』（光文社）という、財布が語り手をつとめる話を読んで以来、こういう構成の作品が大好物でして。

辻　僕の作品の中でも、こういうスタイルは珍しいかもしれません。

辻でゆいいつの映画の原作

阿津川　そして、映画『旅路　村でいちばんの首吊りの木』が、一九八六年十一月一日に劇場公開されたのですね。

辻　もともとは『日本沈没』の森谷司郎監督が表題作を気に入ってくれて、彼が作る予定だったのですが、一九八四年に亡くなられましてね。橋本プロに引き継がれ、橋本忍・橋本信吾親子の共同脚本、神山征二郎さんが監督という形となりました。

阿津川　橋本忍さんは黒澤明監督作品での脚本共同執筆で知られ、『砂の器』や森谷監督の『八甲田山』など名作を多く手掛けられていますね。

辻　映画評論家で詩人の北川冬彦さんを中心に結成された「シナリオ研究十人会」が、太平洋戦争が終わった後、脚本家を育成する通信教育を始めたんです。僕はシナリオが好きで、戦争中から読んだり書いたりしていたので、ぜひ受講したくて、一九四七年に参加しましたら、二年上に橋本忍さんがおられたんですよ。僕が丸刈りの中学生だった頃です。橋本さんは多分ご存知なかったでしょうけど、ご縁があったんです。

ただ、せっかく映画になったのに、『旅路』っていう、全然違うタイトルをつけられちゃってね……。

阿津川　現状、この映画につきましては、ＶＨＳがあるのみで、ＤＶＤ・Ｂｌｕ－ｒａｙ化はされていません（対談時の二〇二三年五月現在）。ＶＨＳは手に入らず、まだ映画は見られずにいるのですが、雑誌「シナリオ」の一九八六年十二月号に掲載されていたシナリオ版を読みました。母親「寺岡美佐子」役は倍賞千恵子さん。そして原作だと手紙の宛先である次男・宗夫が、次女「寺岡紀美子」に変更され、早見優さんが演じました。このような原作の設定変更に関して、ご不満はありましたか？

辻　人気アイドル早見優のスケジュールを押さえられたので、次男から次女に変更されたと聞きました。原作はある種、息子と母親の近親相姦的な雰囲気もある話だから、やっぱりそういう危なさは出さないと駄目なんです。駄目というか、映画として膨らまないんですよ。

阿津川　シナリオ版から想像すると、手紙を送るという語りの演出や、手首のトリックなどは、原作をかなり忠実になぞっている印象です。

辻　ところが、キャスティング以外はあまりに原作通りだから、かえって面白くないと感じたのです。それなら僕が書きたかった。原作通りでいいなら原作を読めばいいんですよ。僕はテレビで脚本も演出も両方やってきたから、尚更《なおさら》そう考えるんですね。小説を映画にする、役者が演じる、漫画をアニメーションにするからには、プラスアルファのアレンジが欲しいところです。

とは言え、製作側からすれば、原作通りやってあげてるのに何を文句言うんだ、となりますし、そこは原作者が口を出す領域じゃないとは思います。僕も製作の裏を知ってるもんですから、「首吊りの木、探すだけで大変でした」なんて話を聞くと、脚本《ホン》に文句なんかつけられなくなります。

阿津川　原作通りだから、かえって面白くない。辻先生のご経験から出た言葉だと思います。最近、漫画のアニメ化などに顕著ですが、原作通りでないと怒る読者がいます。

辻　窮屈ですよね。

阿津川　私の同時代の人たちにも多くて、最近私もすごく窮屈に感じています。むしろうまく脚色してこそだと思います。脚色というか、素材を使ってそれぞれのメディアならではの見せ方で表現したほうが、面白いと思うのですが。

『天使の殺人［完全版］』（創元推理文庫）を拝読した時、びっくりしました。どうして「完全版」なのかというと、大和書房の小説版（一九八三年年十一月刊）と、舞台の戯曲版（一九八三年十月上演）が一緒に収録されているからで、もちろん基本設定は共通していますが、両者は内容がまるきり違っている――。

辻　そうですね。舞台は「銀座みゆき館劇場」で上演して、赤川次郎さんや野間美由紀さんが見に来てくれました。双子の女優さんが天使1・2となって分身の術を使う場面とかね、舞台ならではの面白みが出せたと思います。

阿津川　この企画はどういう経緯で生まれたのですか？　小説と戯曲はどっちが先だったのでしょう。

辻　記憶が曖昧ですが、多分、小説が先だったんじゃないかな。舞台は、どうしても役者に合わせなきゃいかんですからね。プロデューサーに言わせると、演技の上手《うま》さのみならず、あちこちに顔が利いて、たくさん切符が売れる人に出演して欲しい、となるので、恐らく芝居のほうが後だったろうと思います。

辻でいちばんのこだわりの舞台

阿津川　『天使の殺人』に続き、『幽霊の殺人』『人形の殺人』が舞台化されています。

『幽霊の殺人』はケイブンシャノベルスで小説版（一九九〇年）が出ていますね。

辻　こちらは舞台が先で、戯曲的な内容のままで出すと読者がびっくりするでしょうから、同じ設定で小説を書きました。

阿津川　小説版だと幽霊が一人いて、読者はその人のセリフが読めるのに、作中の人物には聞こえていないというシチュエーションになっています。

辻　そこは演出がかなり遊んでくれましたね。幽霊と生きてる人間がタンゴを踊ったりするんだけど、幽霊は客席には見えても登場人物には見えないという設定なので、デュエットでタンゴ踊るとおかしいんですよ。音楽も上手に使ってくれて。舞台ならではの面白さですね。この時は、どんでん返しもしました。

阿津川　『天使の殺人［完全版］』のあとがきで舞台について、「あの手この手のどんでん返しをサービスしたところ（たしか七回ひっくり返した）、騙されて拍手しつづけた人のいい観客もさすがに呆れ果て」とありますが、今のミステリー読者ってすごく貪欲なので、七回どんでん返しされても完全に食らいついてくると思うんです。今、出したら相当面白いんじゃないでしょうか。戯曲版のテキストは残ってるんですか？

辻　どうかな、どこかにあるかもしれませんけどね。

阿津川　そして『人形の殺人』です。私、どうしても読みたかったので、二〇一七年にアンド・ナウの会の同人誌（『僕らを育てたシナリオとミステリーのすごい人3』）に台本が掲載されたと伺った時は、前のめりで買いに行きました。

辻　これは舞台だけですね。この話では、ロボットが首だけになって探偵やりますから、小説版は『ヘッド・ディテクティブ』というタイトルにして、『デッド・ディテクティブ』（講談社ノベルス　二〇〇〇年）、さらに『マッド・ディテクティブ』を書いて三部作にする構想があったんですよ。

阿津川　そうだったんですか！　青崎有吾さんが二〇一五年に出した『アンデッドガール・マーダーファルス』（講談社タイガ）に輪堂《りんどう》鴉夜《あや》という、まさに首だけの名探偵が出てきますが、『人形の殺人』の戯曲を読んで、辻先生が三十年以上前に先取りしていたのか、と驚きました。もちろん、設定も見せ方も別ですが。『人形の殺人』も戯曲から想像する限り、舞台で見るのが一番楽しいと思うんですけど、もう小説になさる気はないのですか。

辻　もし書くなら、戯曲と全然違った話になると思います。今の新しいＡＩ技術なんかを投入してみたいですけど、そうすると勉強し直さなきゃなんないから、なかなか難しいですね。

阿津川　やっぱり、小説だったら小説の強みを生かして、面白くしたいと。

辻　『ヘッド・ディテクティブ』はやろうと思えば何とかできそうだということで、次の『マッド・ディテクティブ』の構想をいろいろと考えた憶えがあります。小野不由美さんが『黒祠《こくし》の島』を出された頃だったかな。プロットまでこしらえたんですけど、結局、本格ミステリーとして落とし込めなくて、うまく行きませんでした。……いやあ、話していると、いろんなことを少しずつ思い出しますね。次から次へと本当に。ありがたいですね。

意外でさいしんのミステリの話

阿津川　短編のお話を、もう少し伺っても良いでしょうか。戸田和光さんが編まれた『思い出列車が駆けぬけてゆく』は、とても画期的な企画だと思っていました。先生の個人短編集は、意外と少ない印象があります。自薦された「上役を静かにさせる法」（初出「小説新潮」一九八二年十二月号）や、他にも「三幕の喜劇」（初出「小説推理」一九八四年七月号）などの傑作が、推理作家協会の年鑑や選集では拝読できても、現役の単著で読めないのがもったいないです。先生の場合、発表済みの短編を再編集して長編にされるパターンも多いですよね。『本格・結婚殺人事件』（朝日ソノラマ　一九九七年）とか、『殺人小説大募集!!』（ジョイ・ノベルス　一九八六年）とか。

辻　「うえっ！　ディング・マーチ」は、実日の「週刊小説」に書いたんですよ（一九八四年十月九日号掲載）。あれを担当の豊さんが気に入ってくれましてね。僕、当時は官能小説もずいぶん書いていまして。SFミステリーじゃなくて、SMミステリー、SMアクション。「官能小説大募集!!」って感じです。その種の既製の官能やSM小説から見せ場のはずのエロの要素を削って、普通の小説の顔をさせながら『殺人小説大募集!!』というミステリー短編集にまとめたという経緯でした。

阿津川　官能小説を書きながら、ミステリーも書いていらしたんですね。今はあんまり考えられません。この作品はまだ文庫になっていないので、実業之日本社さんに期待しています。

ここ数年、実日の「文芸ミステリ三部作」（『夜明け前の殺人』『殺人の多い料理店』『赤い鳥、死んだ。』）をはじめ、旧作の文庫化や新装版の刊行が続きますが、新刊はどのようなご予定になっていますか。

辻　東京創元社の『命みじかし恋せよ乙女　少年明智小五郎』を、もう一二〇枚は書きました。僕はいろんなものが好きで書かせてもらってきまして、エロはそんなに詳しくないんですが、緊縛、要するに団鬼六さんの世界で、そっちの方は団さんよりも前から知っていて、少年小説の挿絵で活躍した伊藤幾久造《きくぞう》の緊縛画も集めていましたし、割合詳しいもんですから、『命みじかし〜』の中で、ほんの少しうんちくを傾けています。大正から昭和にかけて有名だった緊縛師の伊藤晴雨《せいう》も出しますし、竹久夢二や、僕の憧れの人だった阪本牙城《がじょう》（『タンク・タンクロー』の作者）も登場します。実は阪本牙城は伊藤晴雨のお弟子さんだったんですよ。

阿津川　楽しみです。往年の官能、ＳＭ小説の技法も味わえそうです。

辻　それから、「このミステリーがすごい！」の隠し玉で書いた『迷犬ルパン　異世界に還る』も、実は今年の二月頃に脱稿してるんです。でも、「ルパン」を知っている読者は五〇～六〇代だから異世界に馴染《なじ》みはないだろうし、異世界ものを楽しむ世代は「ルパン」と言っても「ルパン三世」の方しか知らないだろうということで、売りようがないから、出してもらうのをやめました。

阿津川　やめたんですか⁉　ちなみに、『デッド・ディテクディブ』において、ルパンの出自が明かされますが、あの作品は冥界の話だったので、異世界というのは、冥界の話なのかなと思っていたのですけど、違うのでしょうか。

辻　本当の異世界のことです。ルパンが実は異世界の賢者で、帰郷？したのちにランの弟たちと異世界でバトルするＳＦアクションです。光文社では『迷犬ルパンの夢を見る』という、異世界に行かない最終回をちゃんと書くことにして、その異世界のほうは今年の冬コミに出します。

阿津川　冬コミに出す⁉

辻　表紙は『涼宮ハルヒ』のいとうのいぢさんに頼みたいとメールを打ちましたら、引き受けてもらえました。コミケ、僕はコロナの前に二度行ったことがあって、二度目は売り子をやりました。その時に、のいぢさんにもお会いしてるんですよ。次の時には残念ながら、僕自身はもう行けないと思いますけどね。

阿津川　これは、大変な売れ方をするでしょうし、冬コミもアーリーチケット制なら是が非でも取らないといけない！　じゃあ『迷犬ルパン』は、ある意味……

辻　枝分かれします。

阿津川　オフィシャルの最終回と、ファンが知る最終回に枝分かれして。

辻　せっかくなので、何らかの形で残したいですからね。僕が異世界を描くと、どういう異世界になるか。

阿津川　私も年齢的に、ルパンのシリーズは後から追いかけた人間ですが、でも少なくともここに、ルパンと異世界の両方を知っている和集合がひとりいます。私はぜひ読みたいです！

辻でいちばんの冴えた探偵

阿津川　やはり「このミス」の隠し玉で、『ピーター・パンの殺人』が「トクマの特選！」で刊行予定と書かれていましたね。この作品では、過去と現在の殺人、その両方にペーパーナイフが関わっています。例えば現在の事件では、二十年前の自分がスクリーンからペーパーナイフを持って襲いかかってくるなど、次々と不可解な謎が提示される長編です。辻先生の作品にたびたび登場する〈スナック蟻巣〉と童話との掛け合わせで、『アリスの国の殺人』『白雪姫の殺人』と合わせて三部作と言われていますが、本作だけ文庫になっていませんでした。

辻　もともとこの本は、大和書房からノベルスを出した当時（一九八六年）、読者から「ペーパーナイフのリンクに穴がある」と投書が来たり、東京創元社の戸川さんから「ミステリー的なカタルシスがない」と指摘されたりしましてね。『天使の殺人「完全版」』を担当してくれた創元の桂島さんから、ピーター・パンも文庫で「完全版」を出したいとオファーがあり、何年もずっと相談して、改稿を試みたんですが、結局うまく出来なかったですね。

阿津川　その後、徳間書店から話が来たのですね。

辻　改めて読み返したら、なんとも中途半端でね。落ち着くところへ落ち着いてないんですよ。だから、ペーパーナイフの設定を整理して、事件の顚末がミステリー的にちゃんと納得いくように、ワープロソフトのほうで随分書き直しました。一応、頭の中では直してつながってるつもりなんですけれども、ゲラにしてもらわないと、僕もこれ以上、分かりませんんっていう状況になっちゃってます。

阿津川　ゲラで作業したほうが分かりやすい時もありますからね。
辻　なのでいつ出るのかは、まだはっきり言えません。
阿津川　お話を伺いながら、気になっていることがあります。大和書房の元版で、現代パートの本文は一段組ですが、過去パートには二段組で組まれて注釈がついている箇所がありますね。あれは残るのでしょうか。
辻　残します。桂島さんと直しをやっていた時、もういい、切っちゃおうかっていう話も出たんですけど、やっぱりもったいない、と。せっかく防空壕《ごう》の作り方まで入れましたからね。
阿津川　あの図解、衝撃です。防空壕の作り方の図。
辻　自分の手で作ってたんだから、間違いなく正確ですよ。
阿津川　最近だと宮内悠介さんの『偶然の聖地』（講談社）という作品で、三〇〇個以上の注釈がついた注釈芸みたいな長編があります。辻先生の『仮題・中学殺人事件』も言わば注釈芸、注釈を巧みに使われていました。『ピーター・パンの殺人』もその意味で、本当に辻先生らしい作品で、私がこの作品を好きな理由の一つです。
辻　実はね、『ピーター・パン～』を文庫にするのは、「トクマの特選！」で、那珂一兵《なかいっぺい》の過去作を復刊したいと言ってくれたからなんです。『ピーター・パン～』は登場人物が大勢いる中に、那珂一兵もちらっと出てくるんですが、その後も続けたい、と。

阿津川　『たかが殺人じゃないか』などの昭和ミステリ三部作で那珂一兵の若い頃を知る読者が大勢いる今、那珂一兵モノが新刊で読めるのは、本当に嬉しいことです！『深夜の博覧会』が始まった時、私はとても驚きましたし、同時に、さすがたくましいなとも感じました。既にお話のあった迷犬ルパンもそうですが、スーパー&ポテトのシリーズ、スナック蟻巣ものなど、シリーズものは終わらせたいという意識が、辻先生には強くおありになると思うんです。事実、完結作も次々刊行されています。しかしその一方で、那珂一兵はある作品で既に死んでいるけど、冥界の話になら出せると『デッド・ディテクティブ』に出てきたり、過去編だったら書けると昭和ミステリ三部作が始まったりする。終わらせてきれいに閉じていこうとする力と、さらにキャラクターを開いていく力が毎年のように、折り重なるように――

辻　寄せては返し、ですね。

阿津川　徳間書店つながりでいえば、徳間文庫の『紺碧《スカイブルー》は殺しの色』は、もともと江戸川乱歩賞の応募作だったのですね。

辻　そして、応募時のタイトルが『たかが殺人じゃないか』でした。双葉社の編集者が原稿を読んでくれて、これだったらうちで出せると。ただし不道徳だから題名は変えてくださいと言われ、『離島ツアー殺人事件』になりました（一九七九年）。改題してノベルスや文庫にするときも駄目でしたね。

阿津川　四十数年前には変えて欲しいと請われたのに、コンプライアンスが厳しくなった今、逆にこのタイトルで出版できたことは、興味深いですね。『たかが殺人じゃないか』は、この言葉がぴったりすぎるほどの台詞《せりふ》で、このタイトル以外にはあり得ないという精度で最後オチがついていて、これは本当にすごいと、心が躍りました。東京創元社の作品をこのタイトルで、と思いつかれたのは、いつだったのですか。このタイトルでいくと発信された段階では動機は決まっていたのでしょうか。動機というか、誰に言わせるか。

辻　タイトルは、書き出す時には決めていました。ただ、台詞を誰に言わせるかは、決めてなかったです。書きながら考えましたね。

名古屋でいちばんのミステリーの作家

辻　次の新作『命みじかし恋せよ乙女』、たぶん六〇〇枚ぐらいになる予定ですけど、一〇〇枚くらいのところで、ミステリーとして痩せてるなと感じましてね。この要素を入れたら小説が気持ちよく広がる、というパーツがあって、入れたら膨らんだのだけど、謎解きの時にプラスに働かないような気がするんです。邪魔になるんじゃないか、最後に風呂敷を絞る時にこぼれちゃいそうな気配がして、悩んでいるところです。ここまで書いたんだから、書きますけどね。

阿津川　はい、ぜひ書いていただきたいです。

辻　今から弱音を吐いちゃいかんですけど、どうもその時の逃げ道をつくってるような気がしてね。

阿津川　キャリアが全然違う私が言ってもなんですけど、そういう瞬間ってありますよね。特に、編集者の前では言っておきたい。今回、誘拐のトリックがうまくいかないんだよ……みたいなことを言って、予防線を張っているというか。

辻　いけね。創元の人がいるところでしゃべるべきだった（笑）。

阿津川　呼びますか（笑）。でも、小説を膨らませるための要素、お好きな要素はかなり、いくつもお持ちでいらっしゃる印象があります。例えば「名古屋」とか。

私は、まだ文庫になっていない作品で、カッパ・ノベルスの『平和な殺人者』（一九九九年）がかなり好きです。「名古屋」を書かれる時の辻先生の筆は生き生きしていて、まさに旧制中学から新制高校への移行期を描き、名古屋が舞台という点で、『たかが殺人じゃないか』に繋がる重要作だと思います。『たかが殺人じゃないか』の次はこれを読め！　みたいにできないかと。

辻　名古屋でだけ売れれば売れますよ。これまで、名古屋を舞台にしたミステリーは、太田忠司さんぐらいしか書いていませんからね。

なにしろ、江戸川乱歩さんが名古屋人だってことを、地元の人もいまだに、あまり知らないですから。僕は愛知一中なんですが、乱歩さんは愛知五中なんですよ。この間、やっと「旧居跡記念碑」を作りましたけど、遅いんだよね。
それに、名古屋には文学館がないんですよ。ノリタケチャイナのミュージアムやトヨタの記念館はあるんですけど、文学館はないんです。でも、それはそれで仕方がないので、太田さんに頑張っていただきたいと、本当に思いますね。名古屋弁も、太田さんの作品は安心して読めますからね。

阿津川　太田さんは名古屋ミステリーの星ですよね。『ミステリなふたり』の〈京堂夫妻〉シリーズがまさにそうですし、〈名古屋駅西　喫茶ユトリロ〉シリーズも、名古屋めしが食べたくなる連作です。

今もいちばんの読書家の作家

阿津川　Twitterを拝見していると、先生はいまだにすごい読書量でいらっしゃるし、アニメも本当によくご覧になっていますね。最近、本はどのように入手されていますか。

辻　熱海には本屋がほとんどなくなりましたから、しょうがない、Amazonですね。本屋に行きますと、なんとなく呼んでくれるんです。こっちこっち、あんたの好きな本ここにあるよって。あれが気分いいんですね。通販はそんなことできませんもん。北村薫さんも似たようなことを言ってました。

阿津川　そうなんです、それが良いんですよね。

辻　でも、もうそんなに読めません。漫画はネームの分量が少ないから、一冊二〇分ぐらいでなんとか読めますけども、小説は読めなくなりました。

阿津川　もう読めない方は、島田荘司さんのこんな分厚い新刊（編集注・『ローズマリーのあまき香り』講談社）は買わないです。これは読まれる方の買い物ですよ！

辻　読むとつい、やっぱりもったいないな、Twitterに感想書こうと思っちゃうんだけど、そのたびに「辻先生のご推奨」と言われたらたまったもんじゃないから、なるべく書かないようにしてるんですけどね。

阿津川　アニメはパソコンで視聴されてるんですか。

辻　はい、Amazonプライムやネトフリ（Netflix）を利用しています。

阿津川　こちらのテレビは……

辻　最近はほとんど見ませんね。テレビ見てると、「そこ、マイクの影が出る！」なんて、つい気になって、言いたくなっちゃうんです。もちろんそんなはずはないんですよ、ビデオを編集してるんだから。

阿津川　一種の職業病ですね。

辻　ＮＨＫは二六～二七歳で辞めて、ドラマの制作はたった五～六年しかやらなかったのに、うっかり咳《せき》も出せないような現場で味わった、生放送の時のスリリングな経験は、体に染み付いてるんだなあ。

阿津川　本当に偉大で、濃い五年ですね。当時のテレビ業界の話、特に、ドラマの生放送については、私たちの世代には想像もできないことだらけです。『なつかしの殺人の日々』や『馬鹿みたいな話！』など、当時のエピソードを盛り込んで小説を書いてくださる辻先生の存在は、本当に貴重で、ありがたいです。

ますますご健筆をふるっていただき、私たち読者を楽しませてください！

（二〇二三年五月十五日　熱海の辻氏仕事部屋にて）

単行本　一九八六年四月　中央公論社刊
（『旅路　村でいちばんの首吊りの木』の書名で刊行）
ノベルス　一九九四年二月　C★NOVELS

本作品はフィクションであり、実在の個人・団体などとは一切関係がありません。

実業之日本社文庫　最新刊

蒼山螢
後宮の炎王　参
国を揺るがす事件が二人を引き離す。瀕死の傷を負った嵐静は、翔啓に助けられるが…。中華後宮ファンタジー第3弾。友情を超えた愛、ついに最高の結末へ！
あ26 4

荒崎一海
刺客変幻　闇を斬る　二
「闇」の邪剣を撃つ孤高の剣！　直心影流団野道場の師範代で妻・雪江と暮らす鷹森真九郎は闇に命を狙われている――。大好評長編時代小説第二弾。
あ28 2

宇江佐真理
酒田さ行ぐさげ　日本橋人情横丁　新装版
お前ェも酒田に行くべ――日本橋の廻船問屋の番頭・栄助は同じ店で働いていた権助の出世に嫉妬の情が…名手が遺した傑作人情小説集。（解説・島内景二）
う2 4

草凪優
女風
女性用風俗（女風）を描く最旬小説。処女でプライドの高い女社長、アイドルグループの絶対的エースなど悩める女を幸せへと導く、人気セラピストの真髄！
く6 12

辻真先
村でいちばんの首吊りの木
手首がない女の死体を残して息子が失踪。無実を切望する母親は――レジェンドが騙りの技巧を凝らした極上のミステリ作品集、初文庫化！（対談・阿津川辰海）
つ5 4

実業之日本社文庫 つ54

村《むら》でいちばんの首《くび》吊《つ》りの木《き》

2023年8月15日　初版第1刷発行

著　者　辻《つじ》 真先《まさき》

発行者　岩野裕一
発行所　株式会社実業之日本社
〒107-0062
東京都港区南青山 6-6-22 emergence 2
電話 [編集]03(6809)0473 [販売]03(6809)0495
ホームページ　https://www.j-n.co.jp/
DTP　株式会社千秋社
印刷所　大日本印刷株式会社
製本所　大日本印刷株式会社

フォーマットデザイン　鈴木正道(Suzuki Design)

ISBN978-4-408-55820-2（第二文芸）